Andrea Sailer

Am Ende des Tages

Erzählungen

Leykam

Nachdruck 1997

Druck: digibuch, Wien
ISBN 3-7011-7331-1

Vorwort

Die Krone der Schöpfung, der Mensch, das Schwein
(Gottfried Benn)

„Ein unruhiger Troll saß plötzlich in ihrem Inneren. Er rief ihr unablässig etwas aus dem Dunkel zu, etwas, das einmal wie ein Versäumnis klang, ein andermal wie Freiheit."
(Andrea Sailer – nicht ganz wörtlich)

Der Troll, der da die Unruhe in den Wörtern und Geschichten von Andrea Sailer verursacht, ist das, was man gerne das Gewissen nennt. Das Gewissen, an das die Autorin ununterbrochen appelliert. Deshalb beschäftigt sie sich in ihren Geschichten auch vornehmlich mit Menschen, die außerhalb der Norm, der gesellschaftlichen Konvention stehen, mit Ausgegrenzten oder solchen, die sich aus Protest selbst ausgrenzen und ins OFF stellen. Dieses „Ausklinken" ist mehr als nur Opposition oder Kampf gegen das „ESTABLISHMENT", es ist ein Aufschrei, ein Schrei gegen die Ungerechtigkeiten unserer Gesellschaft und es ist ein deutlicher Hinweis auf die Bestie Mensch, die es in unserer angeblich so heilen Welt gibt.

Andrea Sailer übernimmt sozusagen das Gewissen für diese kalte Welt und sie möchte mit ihren Geschichten die Kälte vertreiben. Es scheint ein aussichtsloser Kampf zu sein: trotzdem gibt sie nicht auf, auch wenn sie allein gegen den Rest der Welt anschreit. Fast alle ihre Menschen sind von der Welt, das heißt von der Umwelt, der

Familie, der Gesellschaft beschädigt, aber sie wissen oder erkennen es und sie versuchen auf ihre Art dagegen anzukämpfen. Zum Beispiel mit der Ungeduld des Herzens, mit seelischer und körperlicher Aggression, teilweise sogar mit der physischen Selbstzerstörung. Diese Negativakte sind als Aufschrei, als Hilfeschrei, als Überlebensschrei zu verstehen. Manchmal scheinen Andrea Sailers Geschichten zu realistisch zu sein – aber was kann man nicht alles unter dem Begriff Realismus verstehen –, so drastisch, vielleicht auch plakativ sind sie konzipiert. Das ist nicht Schwäche der Ausdrucksmöglichkeit, sondern ein bewußt eingesetztes Stilmittel, um den Leser wachzurütteln.

Andrea Sailers Geschichten sind glasklar durchdacht und glasklar formuliert. Daß die Autorin nicht unbedingt die Erwartungshaltung des Lesers bedient/bedienen will, spricht für sie und läßt ihr Anliegen dadurch um so wirksamer erscheinen: ihr Anliegen nämlich, Literatur nicht zu konsumieren, sondern sich mit ihr ernsthaft auseinanderzusetzen.

Graz, im Juli 1996

Heinz Hartwig

DIE BESTEN JAHRE

Es begann zu regnen. Es war ein richtiger Sommerregen, leicht und warm, und die Blütenköpfe zitterten ein bißchen unter den sanften Schlägen der Tropfen. Auf dem ganzen Friedhof roch es nach Blumen und Erde, nasser, frischer Friedhofserde. Es war eine sehr kleine Trauergemeinde. Der Pfarrer hatte seine Trauerrede beendet, und nun trat einer nach dem anderen an das offene Grab heran, um der Verstorbenen einen letzten Gruß mitzugeben, in Form einer Schaufel Erde oder ein paar Blumen.

Erich konnte noch gar nicht richtig glauben, daß das seine Frau sein sollte, die jetzt in diesem feuchten Erdloch lag und mit immer mehr Erde bedeckt wurde, Schaufel für Schaufel. Krebs hat sie gehabt. Und an dem ist sie gestorben. Mit Achtundzwanzig.

„Du mußt wieder heiraten," sagte seine Mutter nach dem Leichenschmaus.

„Wer nimmt mich denn?" fragte Erich zurück. „Die mußt du mir schon zeigen, die einen wie mich heiraten will, mit dem Roman."

Roman saß in einer Ecke und bewegte sich nicht.

„Das ist allein ihre Schuld," sagte die Mutter. „Wenn sie vernünftig gewesen wäre, hätte sie so etwas nicht zugelassen. Mit sechzehn Jahren ein Kind in die Welt setzen! Ohne Sicherheiten. Ohne alles. Aber sie war ja immer schon eine verantwortungslose Person. Sie hat sich ja nie drum gekümmert, was später einmal sein wird. Und jetzt stehst du da, mit einem behinderten Kind, und sie hat sich aus dem Staub gemacht."

Erich ging hinaus. Er konnte nicht länger hören, wie seine Mutter über Ilse herzog, über Ilse, die sich jetzt nicht einmal mehr wehren konnte. Er wußte ja selbst, daß viel schiefgelaufen war, aber was änderte das an den Tatsachen?

Er hatte ja nicht damit gerechnet, daß die Mutter ihm zur Seite stehen würde. Sie hatte Ilse gehaßt, von Anfang an. Und ein behindertes Kind hielt sie nach wie vor für eine Strafe Gottes. Natürlich wäre auch ihm damals eine Abtreibung lieber gewesen. Aber Ilse wollte das Kind doch unbedingt haben. Um nichts in der Welt hätte sie sich davon abhalten lassen.

„Jetzt mußt du sie heiraten!" hatte die Mutter damals gesagt. „Ich will nicht, daß mein Sohn ein lediges Kind hat."

Zum Glück hatte er damals schon eine Anstellung als Tischler, sonst hätte er nicht gewußt, wovon sie leben sollten. Aber als das Kind dann da war, bat der Arzt ihn zu einem Gespräch unter vier Augen in das Sprechzimmer, und er erzählte ihm etwas über Mongolismus, und daß sein Sohn daran leiden würde.

Für Ilse war der kleine Roman ein Kind wie jedes andere, freilich erst, nachdem sie den ersten Schock überwunden hatte. Darum überließ Erich auch ihr allein die Erziehung und diese ganze Zusatzarbeit, die anfiel, wegen der Behinderung. Er wollte damals am liebsten nichts mit all dem zu tun haben.

In der Werkstatt sahen ihn einige dann ganz mitleidig an, aber kaum einer wagte es, ihn darauf anzusprechen. Nur ein einziges Mal, bei einer Abschiedsfeier, als schon alle mehr als genug getrunken hatten, und immer taktlosere Späße machten, da ist es passiert, da hat ihm einer zugerufen: „Du bringst auch kein anständiges Kind zusammen, Erich! Meine Buben sind alle gut geraten, aber vielleicht habt ihr ja die falsche Stellung gewählt, daß so ein depperter Bub herausgekommen ist. Aber nichts für ungut, Erich! Ist eh ein armer Wurm, der Kleine, und Pech hast du ja schon immer viel gehabt."

Dann ist gelacht worden, und bald wechselte man das Thema, und irgendein anderer sagte wieder irgendeinen anderen Blödsinn, aber Gott sei Dank einen, der Erich nicht betraf.

Ilse hatte sich immer viel Zeit genommen für den kleinen Roman. Hatte damals sogar ihre Stelle als Friseurin aufgegeben – und damit ein Stück ihrer eigenen Unabhängigkeit –, um nur für das Kind da zu sein. Am Abend, wenn Erich heimkam, saß sie mit Roman in der Küche, das Abendessen stand schon fix und fertig auf dem Tisch, die Zimmer waren alle aufgeräumt. Während Erich gegessen hat, hat sie den Sohn ununterbrochen gestreichelt und geküßt, hat ihm immer wieder die Tiere in den Bilderbüchern gezeigt, ihm alles genau erklärt, ihm manchmal auch ganz einfache Dinge vorgelesen. Erst wenn Roman eingeschlafen war, und Erich neben Ilse im Ehebett lag, hat sie ihn nach seinem Tag gefragt, ob es irgendwelchen Ärger gegeben habe, ob die Jause, die sie ihm hergerichtet hatte, auch geschmeckt habe, ob etwas Besonderes vorgefallen sei. Aber Erich war meistens schon viel zu müde, um noch über Dinge zu reden, die doch schon vorbei waren, und er drehte sich auf die Seite und schlief ein.

Erich hat es oft als bedrückend empfunden, daß Ilse und er, und natürlich der Junge, noch immer im Haus der Eltern leben mußten, ständig überwacht und kontrolliert von seiner Mutter, wie angebunden, nie wirklich frei. Aber Ilse hat sich nie darüber beklagt, nicht ein einziges Mal. Sie hat ihn nie dazu bringen wollen, doch endlich ein eigenes Haus zu bauen, endlich in den eigenen vier Wänden eine richtige Familie zu sein.

Sie ist ein guter Mensch, hat er sich oft gedacht. Bricht ihre Lehre ab, um ein Kind zur Welt zu bringen, und heiratet einen Mann, von dessen Mutter sie weiß, daß sie etwas gegen diese Beziehung hat. Ilse hat immer gewußt, von Anfang an, was sie erwarten würde, aber sie hat alles geschehen lassen, sie hat versucht, das Beste daraus zu machen, und sie hat nie hysterisch geschrien oder auf Kleinigkeiten herumgehackt.

Natürlich war ihr das Kind, als es dann schließlich da war, viel wichtiger als Erich. Aber Erich gewöhnte sich mit der Zeit daran, und er war irgendwie froh, daß sie sich so viel mit Roman beschäftigte, denn er selbst wußte überhaupt nichts mit ihm anzufangen.

Er hat sich oft gefragt, was wohl in so einem Kopf vorgehen mag, in so einer leeren Masse ohne Hirn, ohne Gedanken, ohne alles. Und er hoffte, Ilse würde doch eines Tages mit ihrer Geduld und ihrer Zuneigung zu ihm erreicht haben, daß er wenigstens so weit war, um ihn der Mutter einmal für kurze Zeit anvertrauen zu können. Denn die wollte mit dem Kind am besten gar nichts zu tun haben. Selbst, als Ilse einmal krank war, hat sie keinen Finger gerührt. Mit achtunddreißig Grad Fieber mußte Ilse alle zwei Stunden aufstehen, um nach Roman zu sehen, um mit ihm aufs Klo zu gehen, um ihn zu beschäftigen.

Erich hatte immer gedacht, daß sich alles noch einmal ändern würde, wenn Roman erst ein paar Jahre älter war.

Wenn er allein essen und trinken konnte, und sich waschen, und Pipi machen, dann würde die Mutter vielleicht doch ein paar Tage mit ihm auskommen, zur Not. Dann würde er mit Ilse einmal einen Ausflug machen können, oder einen kleinen Urlaub, dachte Erich. Dann könnte er sie auch einmal zum Tanzen ausführen. Sie war ja noch so jung, und wenn sie einmal herausgekommen wäre aus ihrem Käfig, zwischen Hausarbeit und Roman, dann hätte sie sich vielleicht auch wieder mehr für Erich interessiert. Aber Erich wartete umsonst auf diese kurzen Ausbrüche aus dem Alltag, und die gewünschte Abwechslung konnte er Ilse auch nie bieten.
Und irgendwann Anfang November entdeckte Ilse dann auch schon diesen Knoten in der Achsel. Von da an ist alles sehr schnell gegangen. Sie war jede Woche beim Arzt, und Roman mußte sie mitnehmen. Zum Glück war er meistens brav, und Ilse hatte nie Schwierigkeiten mit ihm.
Und irgendwann kamen dann noch mehr Knoten dazu, am Hals.
„Greif mal," hatte Ilse in der Nacht oft zu Erich gesagt, „glaubst du, daß es gefährlich ist?"
Erich griff dann im Halbschlaf auf Ilses Bettseite und fuhr mit den Fingerkuppen über ihren Hals. Es waren kleine, harte Knöpfchen, wie Erdnüsse. Als Ilse dann im Krankenhaus liegen und operiert werden mußte, nahm Erich Urlaub, wegen Roman. Es war eine fürchterliche Zeit, denn Erich wußte nicht, was er mit dem Kind, das für ihn so war wie ein fremdes, umgehen sollte. Mit größter Mühe brachte er Roman dazu, ein paar Bissen zu schlucken, von den vielen, die Erich ihm in den Mund stopfte. Beim Pipimachen floß die Hälfte des Urins über

Erichs Hand. In der Nacht hörte er, wie Roman in seinem Kinderzimmer mit dem Kopf gegen die Wand schlug. Hoffentlich kommt die Ilse bald wieder heim, dachte Erich dann jedesmal. Nur sie konnte mit dem Kind umgehen, und nur von ihr ließ er sich angreifen.

Aber als Ilse wieder zuhause war, ging es ihr bald noch schlechter als vorher. Sie war jetzt so dünn geworden, daß man alle Knochen durch die Haut stechen sah, jede Rippe lag frei da, alle Adern zeichneten sich durch ihre helle Haut ab. Und dann wurden die Schmerzen immer stärker, und Ilse mußte immer öfter zur Untersuchung, und bekam immer mehr Spritzen und Medikamente.

Und eines Tages wollte der Herr Doktor mit Erich selbst sprechen. Da hörte er dann, daß alles hoffnungslos sei, daß schon überall Metastasen seien, an der Lunge, vorne auch, in der Brust, und unter den Armen, und daß es eben eine teuflische Sache sei mit den Drüsen, daß man viel zu viel Zeit hätte vergehen lassen, daß neuerliches Operieren zwecklos sein würde, und daß es ihm aufrichtig leid tue.

Als Erich mit seiner Mutter über das alles sprach, schüttelte sie nur immerfort den Kopf, und alles, was sie zu sagen hatte, war: „Jetzt ist dein ganzes Leben verpfuscht. Jetzt stehst du schön da."

In der Nacht war es besonders unerträglich. Vor dem Einschlafen nahm Ilse nun immer seine Hand und ließ sie die ganze Nacht nicht mehr aus. Wenn sie kurz aufwachte, sagte sie immer nur, es würde schon alles wieder gut werden, und schlief weiter, ihre Hand in seiner. Er hätte doch einmal mit ihr einen Urlaub machen sollen, dachte er dann, und, daß es jetzt wohl endgültig sinnlos war, auf bessere Zeiten zu hoffen, auf die erwünschte

Freiheit, die Unabhängigkeit. Und zwischen den Gedanken, die ihm den Schlaf raubten, horchte er immer wieder zu Ilse hinüber, um sicher zu sein, daß sie noch atmete.

Zum Glück hat er es nicht erleben müssen, dieses Hinüberhorchen auf ihre Seite, ohne ihr Atmen zu hören. Es geschah alles mit lautloser Selbstverständlichkeit. Eines Abends kam er zur Tür herein, und die Mutter saß mit Roman am Tisch, und sie sagte nur: „Die Ilse liegt oben im Schlafzimmer. Sie hat sich ein bißchen hinlegen wollen. Aber der Roman wollte mit ihr spielen. Da habe ich sie gerufen, und sie ist nicht mehr heruntergekommen. Als ich nachgeschaut habe, ist sie im Bett gelegen, in ihre Decke eingewickelt, und ihr Mund war weit offen, und da bin ich wieder heruntergegangen, wegen dem Roman, weil sie ja nicht mehr aufsteht. Die Ilse lebt nicht mehr."

Natürlich hatte Erich keine andere Wahl. Roman mußte in ein Heim kommen. Die Mutter weigerte sich ja, auf ihn aufzupassen. Und schwierig war es ja tatsächlich, mit einem fast zwölfjährigen Buben, der gar nichts allein machen konnte.

Nach dem Begräbnis setzte Erich sich zum ersten Mal zu Roman ins Kinderzimmer. Roman, der früher sogar ab und zu ein paar Worte sprechen konnte, sagte nun gar nichts mehr. Erich sah ihm ins Gesicht, und es kam ihm so vor, als sähe er seinen Sohn überhaupt das erste Mal. Roman hatte eigenartige Schlitzaugen, mit faltigen, kleinen Lidern, und eine ziemlich breite, stumpfe Nase. In seinen Mundwinkeln klebte eine weiße Kruste, und wenn Roman angeschaut wurde, so wie jetzt, dann zog er seine Stirn in Falten zusammen. Er sieht aus wie ein

Boxerhund, dachte Erich. Der Hinterkopf war ganz flach, und wenn Roman schrie, was oft vorkam, besonders nach Ilses Tod, dann konnte man sehen, daß er viele Zahnlücken hatte. Seine Hände waren klein und schrumplig, wie bei einem Neugeborenen. Als Erich ihm über das Gesicht streicheln wollte, unmotiviert, aber doch irgendwie dazu gezwungen, es zu tun, da schlug Roman nach seiner Hand und begann laut zu weinen.

Im Heim war alles hell und freundlich. Die Heimleiterin war noch sehr jung, und sie hatte rotgefärbte Haare. Sie erzählte Erich, daß vielen Behinderten die Eingliederung sehr schwer falle, aber daß vor allem mongoloide Kinder eine sehr hohe Chance hätten, später einmal ein relativ selbständiges Leben zu führen, daß sie anderen Behinderten oft weit voraus seien, schneller lernen und begreifen würden, und daß Roman bei ihr sicher gut aufgehoben wäre.

Ein Teil der Last war für Erich nun weggefallen, aber was ihm große Probleme bereitete, das war die Zeit nach fünf Uhr abends. Denn da fuhr Roman mit ihm nach Hause, und von diesem Zeitpunkt an war es allein Erichs Sache, was mit Roman geschah. Und immer wieder fragte Erich sich, wie Ilse es scheinbar spielend geschafft hatte, mit Roman zusammen zu sein.

Erichs regelmäßige Stammtischbesuche hatten nun ein Ende, auch die zeitweilige Flucht ins Kino fiel weg, und was blieb, das waren harte, nie enden wollende Stunden mit Roman, bis dieser endlich eingeschlafen war.

Die Mutter hielt sich aus allem heraus. Nur einmal, beim Abendessen, sagte sie: „Es wird endlich Zeit, daß du dir eine neue Frau suchst! Wie lange soll das denn weitergehen so? Mit dem Buben kannst du ja doch nichts anfangen. Und soviel Geld verdienst du nicht, daß du ihm auch den Schlafplatz im Heim bezahlen könntest. Wenn du nicht bald wieder heiratest, vergeht die beste Zeit in deinem Leben. Gerade jetzt, mit Zweiunddreißig, kommen die schönsten Jahre für einen Mann."

Während der Arbeitszeit dachte Erich nun viel über das nach. Die schönsten Jahre waren das also, die jetzt auf ihn zukommen sollten. Das kann doch nicht stimmen, dachte Erich. Wer sagt denn, daß die schönsten Jahre genau mit Zweiunddreißig anfangen? Wer sagt denn so einen Unsinn? Viel früher hätten sie doch schon kommen sollen, diese 'schönen Jahre'. Die Jugend, sagte man doch, sei die schönste Zeit im Leben. Aber außer der Tischlerlehre und einigen sinnlosen Besäufnissen nach Feierabend fiel Erich dazu nicht viel ein. Und so viel Zeit zum Jungsein hatte er ja gar nicht. Mit Zwanzig war er ja schon verheiratet, hatte für Frau und Kind zu sorgen, mußte sehen, daß genug Geld da war, daß daheim alles seine Ordnung hatte, daß die Raten für den neuen E-Herd und das Auto abbezahlt werden konnten. Nein, dachte Erich, normalerweise fängt die beste Zeit mit Zwanzig an. Da sind die Lehrjahre schon vorbei, da ist man schon sein eigener Herr, steht auf eigenen Beinen, kann auf Unterhaltungen gehen, auf Feste und Feiern, darf trinken, so viel man will, kommt in jeden Sexfilm hinein, ohne Ausweiskontrolle. Und kann alle Mädchen durchprobieren, die einem gefallen. Ja, mit Zwanzig, da stehen einem normalerweise noch alle Türen offen, da ist man der freieste Mensch unter der Sonne.

Aber mit Zwanzig, da hatte Erichs Leben schon feste Normen. Da mußte die Freiheit wie so Vieles eben auf die lange Bank geschoben werden. Und jetzt, mit Zweiunddreißig, am Beginn seiner besten Jahre, da hatte Erich nichts als Sorgen mit seinem Sohn, den er gar nie hatte haben wollen, und mußte sehen, wie er klarkam.

Eine Anzeige solle er aufgeben, bedrängte die Mutter ihn immer wieder. Aber so armselig wollte Erich sich nicht anbieten. Und überhaupt waren für Erich die schönsten Jahre eben die, die wirklich schön waren, egal, wie alt man war. Jedes Leben hat seine beste Zeit, unabhängig vom Alter, sagte er sich dann, und meine beste Zeit kommt vielleicht erst irgendwann. Wenigstens habe ich sie noch vor mir, nicht schon längst hinter mir, wie viele Gleichaltrige. Und meine Freiheit, die nehme ich mir schon noch, sobald wie möglich.

Es dauerte lange, bis Erich einen Weg fand, auf dem er Roman halbwegs begegnen konnte. Ganz allmählich faßte Roman Vertrauen, öffnete sich nach und nach ein bißchen, sprach auch wieder ab und zu Bruchstücke von Sätzen. „Essen gut," sagte er oft. „Pudding mit Soße." „Durstig." „Roman böse." „Will schlafen." „Muß gehen." „Hund groß." Das waren Romans Sätze. „Papa" sagte er nie. Dieses Wort kannte er nicht. Erich wollte es ihm beibringen, aber für Roman ergab es keinen Sinn. Er wußte nicht, was das zu bedeuten hatte, Papa.

Wenn Erich Roman im Heim abholte, sprach er manchmal mit der Heimleiterin. Sie empfahl ihm, zuhause mit Roman zu basteln und zu zeichnen. Er sei sehr geschickt, sagte sie, er könne gut weben, und er kleckere nie beim Essen. Und Erich nahm sich dann auch ernsthaft vor, sich intensiver mit Roman zu beschäftigen.

Essen klappte schon ganz gut, nach einer Weile. „Achtung, da kommt der Löffel," sagte Erich, und schon sperrte Roman seinen zahnlückigen Mund auf. „Und da kommt schon der nächste, und noch einer, und noch einer." Und Roman aß alles auf, jeden Tag.

„Brummm, brrrummmm," machte Erich, als er Roman ein Auto auf der Titelseite einer Tageszeitung zeigte. „Brummm," machte Roman es ihm nach, und Erich spürte eine winzige Freude darüber, denn schließlich war es nun schon so etwas wie eine Unterhaltung, wenn der eine einen Laut von sich gab, und der andere auch.

Mit dem Klogehen gab es noch kleine Schwierigkeiten. Pipimachen konnte Roman schon ganz allein, nur das große Geschäft ging fast immer in die Hose. Erich wusch die Windeln alle selbst, denn die Mutter rührte noch immer nichts an, was mit Roman zu tun hatte.

Manchmal ging Erich mit dem Jungen spazieren. Roman durfte im Winter die Vögel füttern, die er sehr liebte. „Will haben," sagte er oft, und zeigte dabei auf ein Rotkehlchen oder einen Dompfaff.

Nach einem Gespräch mit der Heimleiterin entschloß Erich sich dazu, Roman einen Wellensittich zu kaufen. Roman lachte laut, als er das Geschenk sah. Der lacht mich aus, dachte Erich, der lacht uns alle aus. Aber im Grunde war er froh, daß Roman überhaupt einen Ton von sich gab. Und bald waren Roman und sein Sittich unzertrennlich. Roman starrte den ganzen Abend in den Vogelkäfig und lachte laut und schallend. „Will anfassen," sagte er dann einmal, und Erich öffnete die Käfigtür. Roman griff hinein und umfaßte den Vogel mit seinen kurzen Fingern. Sein Gesicht verzog sich zu einer faltigen Grimasse, so sehr lachte er vor Freude. Als er den Vogel in seiner Hand hatte, begann dieser laut zu zwitschern. Roman befühlte mit den Fingern das gelbe Köpfchen, aber plötzlich war der Vogel still. Roman begann zu schreien und warf das Tier auf den Boden. „Aber Roman," sagte Erich, „du hast ihn zerdrückt, er ist tot." „Kaputt!" schrie Roman, und lief weinend aus dem Zimmer.

Anderntags kaufte Erich einen neuen Vogel. Den toten vergrub er im Garten. Den neuen Sittich durfte Roman nur mehr streicheln, nicht mehr aus dem Käfig nehmen.

Vor Weihnachten gab die Heimleiterin Roman eine Schnur und eine Dose Holzperlen mit nach Hause. Die sollte er allein auffädeln, zu einer Kette. Für Erich begann damit ein glückloses Spiel. Roman hielt die Schnur, Erich gab ihm eine Perle. Roman warf sie auf den Boden. Erich gab ihm eine neue, Roman warf sie auf den Boden. So ging das bis zum Schlafengehen. Da half kein Vorzeigen, kein Gut-Zureden, nichts. Am Ende kehrte Erich die Holzperlen zusammen, tat sie zurück in die Dose, und wartete auf den nächsten Tag, den nächsten Versuch ohne Sinn. Einmal schrie er Roman sogar an, vor lauter unterdrückter Wut, vor lauter Ungeduld und aufgestauter Beherrschung. Roman weinte ein bißchen. Erich ließ ihn sitzen und machte sich eine Eierspeise. Und plötzlich sah er, wie Roman eine Perle aus der Dose nahm, und sie in den Mund stecken wollte, aber dann griff er nach der Schnur, und drehte die Perle so lange hin und her, bis die Schnur durch das Loch ging. Und da saß er nun, mit dieser einzigen, grünen Perle auf der Kette, die sie einmal werden sollte.

Erich ließ sogar die Eier anbrennen, nur um diese eine Perle auf der Schnur anzustarren, und dann nahm er Romans schlitzäugiges Gesicht in seine Hände und drückte es an sich, so fest, wie Roman den Sittich gedrückt hatte. Roman wehrte sich nicht gegen Erichs spröde, unbeholfene Zärtlichkeit, nein, er stemmte sich sogar mit dem Kopf in Erichs Bauch und schlang seine Arme um sein Hinterteil, und als Erich ihn losließ, war der ganze Pullover voll mit schaumiger Spucke. Erich zog ihn aus und schlüpfte in seinen Pyjama.

Als Roman in seinen Armen eingeschlafen war, verstand Erich mit einem Mal Ilse. Er verstand ihre Liebe zu diesem unbequemen Kind, und er ahnte plötzlich, warum sie das alles mit dieser Leichtigkeit getan hatte. Es muß wohl die Freude gewesen sein, dachte Erich, die Freude an so banalen Dingen wie dem Auffädeln einer einzigen Perle, dem lauten Lachen über einen Wellensittich, auch wenn der Vogel es nicht überlebt hat. Und so sehr Erich sich auch dagegen wehrte, es war etwas wie Zuneigung, das sich da ganz allmählich in sein Herz stahl. Es war nicht Liebe, bestimmt nicht, aber es war ein zärtliches Gefühl, eine seltsame Neugierde auf dieses fremde Geschöpf, das da neben ihm lebte, ganz eingeschlossen in seine eigene Welt, ganz abgegrenzt von der Realität und ihren Wichtigkeiten.

Zum Unverständnis der Mutter verstand Erich sich mit Roman bald immer besser. Er wußte selbst nicht, wie das alles hatte so kommen können, aber immer mehr sah er Roman nun wirklich als sein Kind an. Er entdeckte die Freude an kindlichen Spielen wieder, krabbelte auf dem Boden umher, war Cowboy und Indianer gleichzeitig, auch wenn Roman da keinen Unterschied machte. Beim Spazierengehen rannten sie um die Wette, und Erich wußte manchmal gar nicht, wer von ihnen beiden mehr Kind war, Roman oder er.

Daß Roman gar nicht mehr soviel Kindlichkeit in sich hatte, entdeckte Erich erst, als Roman verliebt war.

Immer wieder sagte er den Namen eines Mädchens aus dem Heim vor sich her. „Nelli." „Nelli." „Nelli schön." „Schöne Nelli." „Will lieb sein." Da das nun den ganzen Tag so ging, begann Erich, sich Sorgen zu machen.
Ja, sagte die Heimleiterin, auch Behinderte hätten solche Gefühle, und sie würden diese oft viel offener zeigen als normale Menschen. „Er ist gern mit Nelli zusammen," erzählte sie. „Er pflückt sogar Blumen für sie. Und wenn es regnet, reißt er eben ein paar Blätter vom Gummibaum oder von der Aralie ab und schenkt sie ihr."
Nelli war Spastikerin, an den Rollstuhl gefesselt, dreiundzwanzig Jahre alt. Roman war fünzehneinhalb. Wenn Erich ihn abholen kam, verabschiedete Roman sich lange von Nelli. Er küßte ihre Wangen, denn auf den Mund konnte er sie nicht küssen, da schoß immer wieder ihre Zunge hervor, wie bei einer Schlange. Roman wollte ihre nach innen gedrehten Hände oft gar nicht loslassen. Wieder daheim hatten Roman und Erich oft noch viel Spaß miteinander, aber immer wieder sagte Roman „Nelli", was auch immer sie gerade spielten.
Eines Abends war Roman plötzlich wieder stumm. Er lachte nicht mehr, saß nicht mehr vor dem Vogelkäfig, hörte nicht mehr Radio. Und auch den heißgeliebten Pudding rührte er nicht an.
„Mit dem Kind hast du nur Scherereien," sagte die Mutter. „Du versäumst doch dein ganzes Leben. Du kannst nicht mehr ausgehen, nicht auf Urlaub fahren, nichts kannst du tun. Du verdienst doch jetzt schon genug, laß den Buben doch über Nacht im Heim! Du kannst ihn ja manchmal besuchen."
Erich überlegte sich den Vorschlag der Mutter gut. Aber, auch wenn er nicht wußte, welcher Teufel ihn da ritt, er

wollte Roman plötzlich gar nicht mehr im Heim lassen. Er freute sich an manchen Tagen regelrecht auf ihn. Er hatte sich inzwischen daran gewöhnt, nicht mehr ins Wirtshaus zu gehen. Und er wußte, Roman wartete jeden Tag auf ihn. Er saß immer am selben Platz, hatte sich die Stiefel schon selbst angezogen, im Winter auch die Haube schon tief über die Ohren gesetzt, und wenn er Erich sah, zeigte er seine Zahnlücken und lachte übers ganze Gesicht, bis ihm der Speichel übers Kinn tropfte.

In über drei Jahren war Erich seinem Kind so nahe gekommen, wie noch nie einem Menschen davor. Er kannte Roman in allen erdenklichen Situationen, wußte, wann er traurig war, und wann fröhlich. All das hatte es noch nie bei einem anderen Menschen gegeben. Und auch, wenn da draußen in der Welt vielleicht wirklich seine beste Zeit verging, so hatte Erich doch da drinnen, in seiner kleinen, engen Welt, ein schwieriges Stück Glück gefunden, wenn auch ein ungewolltes, unangenehmes, belastendes. Aber zum ersten Mal wurde Erich gebraucht und erwartet, machten ihm die ständigen Klagen und Ratschläge der Mutter nichts aus, fühlte er ein behutsam gewachsenes Zusammengehörigkeitsgefühl mit einem Wesen wie von einem anderen Stern, mit einem Kind, das plötzlich unmißverständlich und zweifellos sein eigenes war.

Der Grund für Romans Traurigkeit war ein denkbar schlimmer. Nellis Eltern hatten ihre Tochter aus dem Heim genommen, nachdem sie erfahren mußten, daß Roman Nelli sexuell belästigt hatte. Erich rief Nellis Mutter an, aber die schrie nur in den Hörer: „Meine Tochter ist krank. Sie braucht Ruhe. Ihr Sohn hat ihr zwischen die Beine gefaßt. Er wollte sie ausziehen. Hat ihr weh getan. Nelli versteht sowas doch nicht. Sie müssen Ihren Sohn kastrieren lassen. Haben Sie denn kein Verantwortungsgefühl?" Erich wollte ihr noch erklären, daß Roman Nelli sehr liebgehabt habe, und daß er ihr bestimmt nicht weh tun wollte. Aber die Frau in der Leitung hatte längst aufgehängt.

Roman schien nie wieder richtig froh werden zu können. Er aß wenig, sprach kaum, war teilnahmslos. Als Erich die Birnbäume spritzte, saß Roman auf der Terrasse und sah zu. „Siehst du, damit werden alle Läuse totgemacht!" rief Erich ihm zu. Wenig später hielt Roman die Giftflasche in der Hand. „Laß das!" befahl Erich ihm. „Das ist giftig." „Macht alles tot," sagte Roman vor sich her, „macht alles lausetot."

Nach einer Woche hörte Roman wieder völlig auf zu sprechen. Ihn interessierte nichts mehr. „Nelli", sagte er als einziges ab und zu, und „lausetot."

Und eines Nachts riß die Mutter Erich aus dem Schlaf und sagte aufgeregt: „Der Bub ist krank. Das ganze Bett hat er vollgespien. Hast du ihn denn nicht schreien gehört? Es ist dein Sohn, schau du, was mit ihm ist!"

Schlaftrunken stand Erich auf und ging ins Kinderzimmer. Roman lag reglos auf dem Fußboden. Erich packte den Körper und riß den Kopf an den Haaren zurück.

„Roman! Um Gottes Willen, Roman!! Was ist denn mit dir?!"

Roman verdrehte die Augen. „Lausetot," sagte er.

„Es ist wegen Nelli!" rief Erich der Mutter, die im Vorraum stand, zu. „Was für eine Nelli?" fragte sie zurück. „Ach, das verstehst du nicht! Du hast dich ja nie für ihn interessiert!" sagte Erich wütend und rief den Notarzt an. Es war schon zu spät. Roman hatte das ganze Pflanzengift auf einmal ausgetrunken. An einem kalten Februartag wurde er neben Ilse, seiner Mutter, begraben. Erich weinte nicht. Er hatte schon bei Ilses Begräbnis nicht geweint. Er hatte einfach keine Tränen.

Während der ganzen Beerdigung mußte er an die Holzperle denken, und an die Schnur, an der sie einsam und grün hing. Er nahm sich fest vor, Nellis Eltern anzurufen. Sie waren schuld, daß alles so gekommen war. Wäre Nelli noch im Heim gewesen, hätte Roman nie das Gift getrunken. Der Pfarrer sprach von der Würde der Behinderten, und von einem Gott, der seine Liebe allen Wesen schenkte, egal, ob sie benachteiligt waren oder nicht. In Erichs Kopf aber existierte nur ein einziges Wort. Lausetot.

Am Abend saß er mit der Mutter in der Küche. „Es ist besser so," sagte sie, „für den Buben, und für dich. Er hätte ja doch nie was gehabt vom Leben. Und du bist noch nicht zu alt, um noch einmal von vorne anzufangen."

„Mutter, fängst du schon wieder damit an!" brüllte Erich. „Vor knapp vier Jahren hast du mir denselben Unsinn gesagt, nach Ilses Begräbnis. Hast du denn überhaupt kein Gefühl? Du bist immer so gemein ehrlich, so unerträglich realistisch, so abscheulich bequem. Ich habe gerade meinen Sohn verloren, und du redest von einem neuen Anfang!"

Die Mutter sah ihn an. Dann fing sie wieder mit dieser Geschichte an, die Erich schon längst nicht mehr hören konnte. „Mit Sechsunddreißig ist es doch noch nicht zu spät für dich, Erich. Jetzt kannst du auch wieder heiraten. Jetzt nimmt dich vielleicht sogar eine. Du hast doch das Kind auch nie richtig gewollt. Und jetzt, nachdem ein

bißchen Zeit vergangen sein wird vielleicht, fängt bestimmt doch noch deine schöne Zeit an. Du bist doch ein Mann in den besten Jahren. Und frei bis du auch, zum ersten Mal eigentlich."
Erich hörte gar nicht mehr zu. Er wollte die Mutter nicht einmal sehen. Darum stand er auf und drehte ihr den Rücken zu. Er stand vor dem Fenster, auf dessen schmalem Fensterbrett der Vogelkäfig stand. Der Sittich saß ruhig auf seiner Stange. Erich fühlte den bohrenden Blick der Mutter in seinem Rücken, und er hörte sich plötzlich, ohne es zu wollen, sagen: „Weißt du, Mutter, so einfach ist die Sache nicht. Kennst du das denn nicht, hast du das denn noch niemals erlebt, daß du auf einmal, nach langen Jahren, in denen du immer nur geträumt hast von etwas ganz Anderem, Besserem, und in denen du immer angebunden warst an deine Verpflichtungen, an deinen Alltag, plötzlich und zum ersten Mal dastehst, mit deiner langersehnten Freiheit in der Hand, und daß du diese Freiheit, diese schöne, neue, nie gekannte Freiheit dann auf einmal überhaupt nicht mehr haben willst? Kannst du das verstehen?"

UNTER BRÜDERN

„So schlecht ist keiner, wie in seinen schlechtesten Zeiten. Und so gut ist auch keiner, wie in seinen besten.“ Carlos brüllte über den Tresen, aber die meisten nahmen kaum Notiz von ihm. Er war eben da, so wie an vielen Abenden davor. Und er hatte wieder einmal zuviel getrunken. Ihn kannten alle, aber keiner wußte so recht, was er eigentlich tat, wenn er sich nicht in der Bierstube Zankl aufhielt. Arbeit hatte er jedenfalls keine, das war sicher. Familie auch nicht. Und daß Carlos mit richtigem Namen Karl Schneider hieß, wußten nur die wenigsten. Wenn er gut aufgelegt war und dem alten Zankl schon ziemlich viel Geld dagelassen hatte, holte er von Zeit zu Zeit eine Mundharmonika hervor und spielte damit irgendwelche Melodien, oder die Hitparade rauf und runter, freilich die aus dem Jahre ‘58 oder ‘59. Hinterher nahm er seinen fleckigen Hut vom Kopf und ging damit zwischen den Tischen hin und her, und an der Bar auf und ab, und wenn Carlos Glück hatte, machte er auch schon mal ein ganz gutes Geschäft. Manchmal setzte er das Geld dann sofort wieder in Schnaps um, aber ab und zu ging er doch damit fort, ohne es zu versaufen. Nur ein paar Kumpel wußten, wohin er dann ging.
Carlos hatte nämlich so ein Zimmer, eigentlich war es ja nur eine Bruchbude, und wenn er der Vermieterin wie so oft wieder einmal die Miete schuldig geblieben war, dann verwendete er den Mundharmonikalohn eben dafür.
Die Vermieterin, eine gewisse Grete Weinmeister, mochte Carlos nicht. Sie hatte schon alles versucht, um

ihn zu vertreiben, aber nach ein paar Nächten im Freien schaffte es Carlos dann doch jedesmal wieder, bei ihr einzuziehen.

Die Grete hatte noch mehrere Untermieter, die aber alle ständig wechselten, und viele von ihnen waren nicht einmal gemeldet. Auch Carlos hatte nur so einen provisorischen Mietvertrag mit ihr, von dem die Behörden nichts wissen durften. Wenn ein Beamter zur Kontrolle kam, redete Grete sich immer irgendwie heraus, denn sie hatte ein gutes Mundwerk, und sie erzählte dann schon mal, Carlos sei ein Verwandter oder nur zu Besuch, und meistens gingen die Beamten dann wieder, weil sie Wichtigeres zu tun hatten.

An manchen Tagen stand Carlos morgens auf und zog seine guten Schuhe an. Die hatte er einem Mann gestohlen, der im Hinterzimmer vom Zankl niedergeschlagen worden war. Als der so dalag, in seinem Blut, und sich nicht mehr rührte, schnappte Carlos sich schnell die Schuhe und verschwand. Nun hatte er zu seinen löcherigen Sandalen noch ein gutes Paar fester Winterschuhe dazubekommen, und das machte Carlos ganz stolz.

Im Stehlen war Carlos sowieso große Klasse. Am Wochenmarkt war es besonders einfach. Wenn die Marktfrauen Kundschaft hatten und geschwätzig ihre Neuigkeiten loswurden, suchte Carlos sich blitzschnell etwas Passendes aus und schaffte es so oft, sich sogar einen kleinen Lebensmittelvorrat anzulegen. Auch eine Handtasche hatte er einmal gestohlen, in einer Weinschenke in einem anderen Teil der Stadt. Die gehörte einer eleganten Dame, und Carlos war einfach nur neugierig gewesen, was so eine Frauensperson in ihrer Tasche so alles mit sich herumschleppte. In seiner Bude leerte er den Inhalt auf den einzigen Tisch. Es war eine sehr schöne Tasche aus feinem, weichem Rindsleder mit einer goldenen Schließe.

Auf dem Tisch lagen nun ein Lippenstift, ein Kamm aus echtem Schildpatt, ein Parfumzerstäuber, ein weißes Taschentuch, das schon gebraucht war, eine angebrochene Packung Kopfschmerztabletten und eine Geldbörse. Carlos zitterte vor Aufregung, als er sie öffnete. Aber mehr als zweitausend Schilling waren es dann doch nicht. Visitenkarte oder Ausweis waren nicht drin. Aber das Geld würde wenigstens eine kurze Zeit lang reichen, und gegen einen Kater hatte er nun Kopfschmerztabletten.

Wenn Carlos nun an manchen Tagen seine guten, geklauten Schuhe anzog, dann hatte das seinen Grund. Er wollte sich Arbeit suchen. Angefangen hatte das Desaster ja mit seiner Kündigung vor elf Jahren. Als Straßenarbeiter und später bei der Müllabfuhr hatte er wenigstens ein regelmäßiges Einkommen gehabt. Gelernt hatte er ja nichts Richtiges, da konnte er froh sein, daß es überhaupt Arbeit für ihn gab. Aber irgendwie wollten die ihn dann plötzlich nicht mehr haben, und seinen Job bekamen Türken und dann Iraner, denn die waren noch billiger als Inländer. Und von da an ging's bergab.

Durch Zufall kam er dann zu einer Gruppe von Leuten, die Geschäfte mit alten Autos machten, und einmal gelang ihnen ein so gutes Geschäft, daß auch für Carlos, der entweder Schmiere stand oder Material herbeischaffte, einiges heraussprang. Damit sah er sich dann ein Stück der Welt an. Was für eine gute Idee das gewesen war, erfuhr Carlos erst später. Die Autohändler wurden nämlich während seiner Abwesenheit festgenommen. Damals war Carlos gerade in Sizilien. Als er wieder zurück war, erzählte ihm der einzige, der aus der Bande nicht gefaßt worden war, daß auch Carlos gesucht wurde. Irgendwie ist die Geschichte dann wieder fallengelassen worden, aber mit dem bürgerlichen Leben war es nun endgültig vorbei.

Und von da an war er einfach nur noch der Carlos. Den Karl Schneider gab es nicht mehr. Und Angehörige hatte er zum Glück auch keine, so kam alles irgendwie in Ordnung. Seit diesem Zeitpunkt trieb Carlos sich eben so herum, machte Gelegenheitsarbeiten, wenn etwas anfiel, stahl, was er kriegen konnte, und spielte Mundharmonika auf dem Hauptplatz. Und wenn ihn ein paar hören wollten, warfen sie Geld in seinen Hut, und Carlos war zufrieden. Er war ja irgendwie ganz froh, daß er nicht mehr jeden Tag zur Arbeit mußte, und dafür nahm er schon mal ein paar kleine Unannehmlichkeiten in Kauf.

Als er wieder einmal am Hauptplatz seine Mundharmonika ausgepackt hatte, setzten sich zwei Männer zu ihm, sie waren noch ziemlich jung, Carlos empfand es jedenfalls so, denn er selbst war schon fast Fünfzig, und da sind alle, die noch darunter liegen, jung. Irgendwie kam er dann mit den Männern ins Gespräch. Es waren Jugoslawen, die nur sehr wenig Deutsch sprachen, aber Carlos entnahm ihren unzusammenhängenden Sätzen, daß sie vor dem Krieg geflohen waren und hier ein neues Leben anfangen wollten. Und Carlos hielt das für eine gute Sache. Er war nie einer von denen gewesen, die nur auf den Ausländern herumhacken und ihnen für alles mögliche die Schuld geben. Auch nicht, nachdem er selbst seine Arbeit an Fremdarbeiter verloren hatte! Es gibt überall solche und solche, und in gewisser Weise stehen doch alle im Regen, hocken alle im selben Boot, und sind doch sowas wie Brüder, das war so Carlos' Philosophie. Und was machte es da schon für einen Unterschied, ob irgend so ein Spießer sagte: „Einer wie Carlos schadet dem Volk und dem schönen Stadtbild, einer wie er sei ein Taugenichts, ein Sandler, der nicht arbeiten will und den braven Bürgern auf der Tasche liegt", oder ob er sagte: „Diese Flüchtlinge sind doch alle dahergelaufene Verbrecher, die uns alles wegnehmen wollen und ihre Heimat im Stich lassen?" Da war doch eins wie das andere. Da gab es doch überhaupt keinen Unterschied.

Und wie zum Trotz lud Carlos, der an diesem Tag ziemlich viel Geld mit seiner Mundharmonika erspielt hatte, die beiden Ausländer zum Zankl ein. Dort zahlte er jedem ein kühles Bier und ließ sich von ihnen erzählen, daß sie auf der Suche nach einer Bleibe waren und nicht wußten, wohin sie gehen sollten, da sie ja illegal über die Grenze gekommen waren. Der eine von den beiden Männern hieß Goran, der andere Miroslav, und dann war da noch die Rede von Branko, einem Bruder von Goran, der mit seiner Frau Irina und dem kleinen Milo ebenfalls kein Dach über dem Kopf hatte, und eine Mutter gab es auch noch, Milizza, die Mutter von Irina. Und irgendwie tat es Carlos weh, daß da junge Leute, sogar mit einem Kind, voller Hoffnung auf eine bessere Zukunft ihr Land verlassen hatten und dann hier, bei allem Überfluß, vor dem Nichts stehen mußten. Da fiel ihm auch gleich die Grete Weinmeister ein, seine Vermieterin, und der konnte es doch gleich sein, ob diese Leute da illegal über die Grenze gekommen waren oder nicht. Die hatte doch selbst mit dem Gesetz nicht allzuviel am Hut. Und irgendwer würde schon wieder ausziehen, vielleicht bald, da müßte sich doch was machen lassen. Und so gab Carlos den beiden Männern ihre Adresse. Ob das Verbrecher waren oder nicht, war ihm eigentlich egal, aussahen sie jedenfalls nicht so. Und er selbst war ja in gewisser Hinsicht auch sowas wie ein Verbrecher, wenn Stehlen als Verbrechen galt, und die alte Sache mit den Autos, naja, das war ja auch eine krumme Angelegenheit. Zum Abschied gab Carlos ihnen noch einen Rat: „Sagt der Frau Weinmeister nicht, daß ihr die Adresse von mir habt, sie kann mich nämlich nicht leiden und hält alle meine Bekannten für nichtsnutzige Betrüger." Dann meinte Carlos noch, daß er die junge Irina und ihren kleinen Milo gern einmal kennenlernen würde. Dem Milo könnte er auf der Mundharmonika etwas vorspielen, und auch die Milizza könnte einmal bei ihm am Hauptplatz oder in der Bierstube Zankl vorbeischauen.

Es dauerte nicht lange, da traf Carlos einen der Männer wieder, Goran. Ja, sagte der, es gäbe da schon eine Möglichkeit, in ein paar Tagen vielleicht schon. Aber das Zimmer sei sehr klein, und mehr als vier Personen hätten da bestimmt nicht Platz, zur Not noch der Junge. „Für die Mutter wird sich schon noch was finden," meinte Carlos und war ganz glücklich, daß er endlich auch einmal etwas Gutes hatte tun können. Aber Goran sagte, die Mutter sei ohnehin eine Zigeunerin, die würde gar nicht einziehen wollen, die würde sowieso keine Hilfe annehmen und lieber betteln gehen. Was war das doch für eine eigenartige Frau, dachte Carlos und wollte Milizza gern kennenlernen.

Auf dem Heimweg kam ihm alles verändert vor, so, als schiene aus den Fenstern, an denen er vorüberkam, mehr

Licht. Und fast wäre ihm eine Träne ins Auge gekrochen vor lauter Freude, daß ausgerechnet er, der Carlos, der selbst kaum was hatte zum Leben, den Flüchtlingen hatte helfen können.

An seiner Zimmertür klebte ein Zettel. Darauf stand: 'Carlos, komm herunter in meine Wohnung, ich muß dir etwas Wichtiges sagen. Grete.' In der Küche von Frau Weinmeister war alles voller Geschirr, sodaß Carlos kaum einen Platz fand, wo er sich setzen konnte, ohne etwas zu zerbrechen.

„Carlos", sagte die Grete dann, „du mußt ausziehen. Ich hab' keinen Platz mehr für dich." „Aber wohin soll ich denn gehen?" fragte Carlos ganz überrascht. „Du wirst dir eben etwas anderes suchen müssen. In dein Zimmer zieht übermorgen eine ganze Bosnierfamilie ein, fünf Leute, und da verdiene ich doch eine schöne Stange mehr als bei dir. Und dann sei mir nicht bös, Carlos, aber ausstehen können habe ich dich nie. Weißt du, die Bosnier, die wollen wenigstens Arbeit finden, aber du trinkst dich ja durchs Leben und liegst auf der faulen Haut. Und außerdem kann man eine Frau mit einem kleinen Kind doch nicht so einfach vor der Tür stehen lassen. Mußt schon verstehen, Carlos."

In der letzten Nacht, die Carlos in seiner Bude verbrachte, packte er alles, was er besaß, in zwei große Plastiktüten. Seine Habseligkeiten bestanden aus zwei Paar Socken, den Winterschuhen, dem Hut, seiner Mundharmonika, einem neuen, gestohlenen Rasierpinsel, den er wohl nicht mehr brauchen würde, seit sein Bart wachsen durfte, wie er wollte. Dann war da noch die rindslederne Handtasche, ein paar Lebensmittel, acht Dosen Bier und eine Doppelliterflasche Wein. Und ein Foto, das Carlos mit seinen Eltern zeigte, als er drei Jahre alt war. Und natürlich durfte er die Decke nicht vergessen, sie stammte noch aus einem gestohlenen Auto – von damals, als er noch ein „Bandenmitglied“ war. Die würde er in Zukunft gut brauchen können.

Als er alles verstaut hatte, saß Carlos auf dem schmalen Bett und schaute sein Zimmer noch einmal ganz genau an. Für das Kind wird es wohl zu feucht sein, dachte er, und ein Bett oder einen Diwan werden sie schon noch hineinstellen müssen, denn mehr als zwei Leute haben bestimmt nicht Platz in so einem kleinen Bett. Und hoffentlich haben sie genügend Decken dabei, denn die Grete Weinmeister ist geizig, wenn es ums Heizmaterial geht.

Am Hauptplatz, nach der ersten Nacht ohne Zimmer, lernte Carlos dann Irina, Milizza und den kleinen Milo kennen. Irina bedankte sich immer wieder bei Carlos. Sie konnte gar nicht aufhören, ihn an den Händen zu reißen und ihm die Arme zu drücken. Milizza sprach nichts, sie konnte kein Deutsch und setzte sich ein Stück weiter weg zum Betteln auf eine Steinstufe. Der kleine Milo war ein sehr hübsches Kind, mit großen schwarzen Kohlenaugen und dichtem, dunklem Haar. Er mochte drei oder höchstens vier Jahre alt sein.

Carlos setzte sich an den Brunnen und holte seine Mundharmonika hervor. Als er zu spielen begann, lauschte Milo gebannt, und es schien ihm außerordentlich zu gefallen. Bald wollte er selbst darauf zu spielen versuchen, Carlos reichte ihm sein Instrument, und Milo blies aus Leibeskräften hinein. Er lachte und kicherte vor Vergnügen, und mit der Zeit gelangen ihm sogar einige ganz hübsche, klare Töne. Milizza beobachtete alles aus der Ferne, aber ihr Gesicht war wie aus Stein, hart und kantig, und sie sah aus, als hätte ihr jemand einmal sehr weh getan. Irina gab Carlos zu verstehen, daß sie ihren Sohn lange nicht mehr so fröhlich gesehen hatte wie jetzt mit Carlos' Mundharmonika. Milo weigerte sich auch vehement, das rot-blaue Instrument wieder herzugeben. Er bettelte und bedrängte Carlos in seiner Sprache so lange, bis dieser schließlich nicht anders konnte und nachgab. Nun gehörte Milo die Mundharmonika, und weil dieser so glücklich war über dieses Geschenk, vergaß Carlos für einen Augenblick sogar, daß er nun seine vorläufig einzige und letzte Einnahmequelle verloren hatte. Als Irina und das Kind fortgegangen waren, schlich Carlos sich an Milizza heran. Er tat es sehr vorsichtig, sie sollte sich nicht überrumpelt vorkommen. Ohne ein Wort zu sagen, setzte er sich neben sie auf die Stufe. Milizza sah ihn von der Seite an. Immer, wenn ein Passant vorüberging, streckte sie ihm ihre Hand entgegen und sagte 'Bitte, bitte'. Das war das einzige Wort, das sie auf Deutsch sagen konnte. Einmal trafen sich zufällig Carlos' und Milizzas Blicke, und da lächelte Carlos, und hoffte, auch Milizza würde lächeln, aber sie verzog keine Miene. Das letzte Mundharmonikageld war zuwenig, um es auf irgendeine hohe Kante zu legen, und so beschloß Carlos, es beim Zankl zu lassen.

Dort saßen die Männer aus Bosnien am Tresen. Als Carlos sie fragte, wie ihnen denn ihr neues Zuhause gefalle, sagte Miroslav, der sonst fast nie den Mund aufmachte: „Ist kalt. Nasse Mauer. Ist klein für große Familie." „Aber seid doch froh, daß ihr wenigstens ein Dach über dem Kopf habt," entgegnete Carlos, „es muß ja nicht für immer sein. Wenn ihr erst Arbeit gefunden habt, sucht ihr euch etwas Besseres.“ Er sagte kein Wort davon, daß es sein Zimmer war, in dem jetzt die Bosnier lebten. Er fand, es würde ja doch nichts mehr an den Dingen ändern. Und er ahnte auch, daß es ohnehin niemandem ernsthaft peinlich sein würde.

Branko, Irinas Mann, war freundlich. Er erzählte Carlos, daß er es als Maschinenschlosser versuchen wolle, denn das habe er gelernt, in seiner Heimat. Er spendierte Carlos sogar einen Schnaps und sagte zu ihm: „Du hast uns viel geholfen. Bist guter Mann. Warum hast du gemacht?“ Carlos konnte sich ein Lächeln nicht verkneifen, als er antwortete: „Die, die nichts mehr zu verlieren haben, die tun sich damit vielleicht ein bißchen leichter. Es ist schwerer, ein großes Haus mit zehn schönen Zimmern zu besitzen und eines davon abtreten zu müssen, als nur einen einzigen Raum zu haben, und dann eben keinen mehr.“ Branko machte große Augen: „Nix verstehen. Was du sprechen?“ Carlos lächelte wieder und meinte nur: „Ich weiß, daß du das nicht verstehst. Es hat aber auch gar nichts zu bedeuten.“

Irgendwie gewöhnte Carlos sich an die Nächte im Freien. Einmal schlief er im Park, dann wieder in einer zugigen Toreinfahrt oder irgendeinem dunklen Winkel. Er mußte eben mehr stehlen, seit er die Mundharmonika nicht mehr hatte. Und außerdem hatte auch er jetzt zu betteln begonnen. Das machte ihm nicht sonderlich viel aus, denn er hatte Milizza, die stumm einige Meter von ihm entfernt saß und die Hand ausstreckte, wieder und wieder, und tausendmal am Tag, ‘bitte’ sagte. Eines Tages kam ein Polizist vorbei, trat auf Carlos zu und herrschte ihn an: „Verschwinde! Es ist nicht erlaubt, hier zu betteln!“ Carlos wollte schon rufen: Aber die

Zigeunerin neben mir bettelt doch auch! Aber er wollte Milizza nicht vertreiben und sah nur in ihre Richtung. „Bei den Zigeunern ist das was anderes", sagte der Polizist dann ganz von selbst, „da machen wir schon mal eine Ausnahme. Die Zigeuner wollen ja keine staatliche Hilfe annehmen, und da hat der Landeshauptmann um etwas Nachsicht gebeten. Und außerdem geben die Leute auch eher einem armen Kriegsflüchtling etwas Geld als einem Inländer, der nur zu faul ist zum Arbeiten!"

Da war es nun auch mit dem Betteln vorbei, und Carlos war plötzlich ganz ratlos.

Als der Polizist weitergegangen war, kroch Carlos zu Milizza und setzte sich ganz dicht neben sie, so nahe wie noch nie. Milizza mußte doch gesehen haben, was passiert war. Vielleicht konnte sie ja für sie beide betteln, für Carlos und für sich selbst?

Dann wandte Milizza ihm plötzlich ihr Gesicht zu. Es war zerfurcht und sonnengebräunt. Die schwarzen, graugesträhnten Haare waren im Nacken zu einem Knoten gebunden. Sie schien ein paar Jahre älter zu sein als Carlos. Aber das war völlig unwichtig, schließlich sahen sie beide aus wie zwei Sechzigjährige, genaugenommen.

Eine Zigeunerin hatte Carlos sich immer ganz anders vorgestellt. Mit großen goldenen Ohrringen, und mit langen, schwarzen Haaren, die im Wind wehen. Und er dachte immer, Zigeunerinnen würden spitzengehäkelte Schultertücher tragen, und buntgeblümte, weite Röcke. Aber Milizza trug nichts von all dem. Ein schmutziges T-Shirt, eine mottenzerfressene Weste, ein braunkarierter Hosenrock mit aufgetrenntem Saum, das alles paßte so gar nicht ins Bild, das Carlos sich immer gemacht hatte von einer echten Zigeunerin. Aber irgendwie fand er sie doch schön, diese herbe, rauhe Gestalt neben ihm, die seine Sprache wohl nie verstehen würde. Und so würde er auch bestimmt nie erfahren, ob es stimmte, was er sich zusammengereimt hatte, nämlich, daß es irgendetwas in Milizzas Leben gegeben haben mußte, das ihr sehr weh getan hatte. Vielleicht würde er ja Branko einmal fragen, oder Irina, später einmal.

„Du mußt mir helfen, Milizza", sagte Carlos. Milizza sah ihn nur an, mit ihrem Gesicht, das so unbeweglich und schroff war wie ein Holzschnitt. Carlos wußte, daß sie ihn nicht verstand. Trotzdem sprach er weiter: „Ich kann nicht leben vom Stehlen allein. Und wenn ich mir woanders einen neuen Bettelplatz suche, sehe ich dich vielleicht nie mehr. Aber ich sehe dich gerne. Hilf mir! Vielleicht reicht das, was du dir hier erbetteln kannst, an manchen Tagen ja für uns beide?" Milizza sagte nichts. Wurde auch nicht grob oder ungehalten. Nur ihr, 'Bitte, bitte', wenn einer vorbeikam, zerriß ihr Schweigen für Sekunden. Da nahm Carlos eines der Geldstücke aus der Tüte, die Milizza vor sich aufgestellt hatte. Da wurde Milizza böse und schlug nach seiner Hand, bis die Münze in die Tüte zurückfiel. „Ich will es dir ja nicht wegnehmen", sagte Carlos. Und er stand auf, ging zu seinen Plastiksäcken und holte eine Dose Bier heraus. Die gab er Milizza. Sie nahm sie gerne an, obwohl sie keine Miene verzog. Da faßte Carlos sich ein Herz und riß in bubenhafter Euphorie eine Geranie aus dem Blumenkasten unter der Statue. Er hielt sie Milizza entgegen, aber sie nahm sie nicht. Da steckte Carlos ihr die Blüte einfach ins Haar, gleich hinters Ohr. Er wußte selbst nicht, was da in ihn gefahren war. Aber irgendwie machte die Geranie Milizzas Gesicht weicher, wenn

auch nur ein wenig. Carlos rechnete damit, das Milizza die Geranie sofort wieder vom Kopf rupfen würde, aber sie ließ die Blume dort, und Carlos dachte mit schelmischer Freude: Na warte nur! Ich mache schon noch eine richtige Zigeunerin aus dir. Und das mit der Sprache, das konnte doch nicht so ein Problem sein. Muß man eben eine andere Sprache erfinden, dachte er, eine neue, vielleicht eine bessere.
Und Carlos, der vor lauter Eifer nicht mehr zu bremsen war, legte seine Hand auf Milizzas Wange, nahm sie aber sofort wieder weg. Er hatte Angst, Milizza würde weglaufen. Aber sie sah ihn nur an. Und da legte er seine Hand nochmal auf ihr Gesicht, und mindestens drei Passanten waren in der Zwischenzeit bereits vorübergegangen, ohne daß Milizzas 'Bitte, bitte' erklungen wäre, ja sogar, ohne daß sie von ihnen irgendwelche Notiz genommen hätte. Sie sah Carlos nur an, ernst und unergründlich, und er spürte, daß das eine Frau war, die da unter der verbitterten Oberfläche verborgen war, eine wirkliche Frau. Es muß sehr seltsam aussehen, für die Menschen, die vorbeigehen, dachte Carlos. Aber Carlos' Hand lag noch immer auf diesem fremden Gesicht, das plötzlich nicht mehr so fremd war wie zuvor. Und Milizza lächelte.

DER SAMURAI

Er stand abseits, wie immer. Als er an die Reihe kam, begann sein Herz schneller zu schlagen. Die anderen traten zur Seite. Er nahm Anlauf, fing sofort zu keuchen an, hob nur wenige Zentimeter vom Boden ab und landete mit einem dumpfen Geräusch im Sand. Gelächter. Wie immer. Er hätte sich längst daran gewöhnen müssen.
Dann das darauffolgende Duschen. Links und rechts von ihm räkelten sich diese schlanken, durchtrainierten, muskulösen Körper unterm Wasserstrahl. Er, mittendrin, ein plumper Klotz. Massen von Fett am gedrungenen Leib. Wülste an den Armen. Wabbelige, schwere Ringe um den Bauch. Schlappe Altmännerbrüste, haarlos. Sein Gesicht, nun von der dankbaren Haarumrahmung befreit, ein weißer Mond, kreisrund. Die Wangen wie speckdurchzogene Fleischschnitten herabhängend, das Doppelkinn ein Dreifachkinn, einer Halskrause gleichend.
Er war glücklich, wenn der letzte Schweißtropfen von seinem Körper gewaschen war, und er sich wieder anziehen durfte, endlich wieder fliehen konnte, zurück in seine überdimensionalen Hüllen, sein schlechtes Versteck.
Zuhause, wie jeden Mittag, das Ritual, gegen das sich zu wehren er längst aufgegeben hatte. Essen. Fressen. Als Kind bestraft, wenn der Teller nicht geleert worden war. Heute freiwillig die zweite Riesenportion. Der Lauf der Dinge.
Am Nachmittag, die Kopfhörer auf die Ohren geklemmt, ins Bett legen, die Augen schließen. Sich fortträumen, in

einen anderen Leib hinein, in ein anderes Leben, in einen Kreis guter Freunde manchmal.

Ihn wollte keiner je zum Freund haben, Keiner hatte Lust, herauszufinden, ob sich hinter den monströsen Fleischbergen nicht vielleicht doch ein ganz netter Kerl verbarg. Keiner konnte sich je dazu durchringen, mit einem wie ihm auf die Straße zu gehen. Keiner konnte sich leisten, mit einem wie ihm gesehen zu werden. Denn wo er auftauchte, da wurde es gespenstisch still, da verstumme jedes Gespräch, da erregte er Gespött und ohnmächtiges Gelächter. Wenn es gut ging, dann erntete er hingegen nur ein paar grimmige Bemerkungen, ein paar fassungslose Blicke.

Dick war er schon als Baby. Aber richtig deformiert wurde er erst vor ungefähr zehn Jahren. Da nahm dieser Teufelskreis seinen Lauf. Erst essen müssen, dann essen wollen, dann wieder essen müssen. Systematisch wie eine Rechenaufgabe.

Am Anfang noch Abneigung und Unfreiwilligkeit. Von den besorgten Eltern dazu gezwungen. Dann plötzlich freiwillig, als Betäubung, als Ersatz vielleicht, für das, was fehlte. Und zum Schluß wieder unfreiwillig, als Zwang, wie eine Sucht, Freßsucht. Mit der Konsequenz Fettsucht. Pure Logik, klarer als bei Aristoteles.

Er war immer noch zu klein für sein Alter. Gerade mal eins sechzig, dabei schon neunzehn Jahre alt. Ziemlich mittelmäßiger Schüler. Aber zum Glück schon in der letzten Klasse.

Immer schon hatte er diesen sinnlosen Traum im Kopf, diesen Traum, der über allem anderen stand. Einmal der Anführer sein, egal wo. Einmal der Bessere sein, egal wobei. Einmal selbst das Maß sein, wofür auch immer.

Und einmal irgendwo im Mittelpunkt stehen, und das aus einem anderen Grund als dem üblichen. Einfach bewundert werden für irgendwas, ohne dabei angeglotzt zu werden wie in einer Freakshow, einem Kuriositätenkabinett.

Er ging selten aus. Wenn, dann selbstverständlich allein. Aber manchmal hielt er es zuhause einfach nicht mehr aus, wollte und mußte er davonlaufen, auch wenn er so schnell müde wurde.

Er nahm all seinen Mut zusammen und setzte sich in eines der Straßencafes, die typisch sind für jeden Sommer in jeder Stadt. Sein Eintreten in den Gastgarten, sein Platznehmen an einem der hintersten Tische wurde wie gewöhnlich vom Raunen und hörbaren Umschauen der Gäste begleitet.

Nach wenigen Minuten kam eine ganze Crew Halbstarker, mehr stark als halb, in den Sitzgarten, steuerte genau in seine Richtung und nahm, ihm schräg gegenüber, an einem der größeren Tische Platz.

Ein Grauen erfüllte ihn, und eine Angst packte ihn vor dem, was nun, wie er fürchtete, bald auf ihn niedergehen würde. Aber nichts geschah. Sie schienen keine Notiz von ihm zu nehmen. Doch gesehen mußten sie ihn haben. Man konnte ihn nicht übersehen.

Sie sahen gut aus, wie er fand. Sie waren auch nicht mehr alle ganz jung. Einige hatten sehr lange Haare, andere wieder nicht. Sie waren ganz aus Jeans und Leder, und hatten alle Helme dabei, Motorradhelme, Brillen, Handschuhe. Manche trugen Jeansjacken ohne Ärmel.

Er zuckte zusammen, als einer genau zu ihm herüber sah. Aber der Typ hob nur sein Glas und prostete ihm zu. Er vergaß, zurückzuprosten. Er hatte nie Derartiges erlebt.

Dann, nach einiger Zeit, wollte er sich auf den Heimweg machen. Als er bezahlt hatte, wollte er aufstehen. Aber der Sessel hatte sich an seinem mächtigen Hintern festgeklemmt. So fest, daß alles Zerren und Schieben nicht half. Der Sitz aus rotem Plastik klebte an ihm fest wie angegossen. Er wußte nicht, was er tun sollte. Ringsum wurde es schon laut, die kleinen Kinder lachten als erstes, denn die kleinen Kinder waren immer die grausamsten von allen. Allmählich wurden auch die anderen Gäste laut, aber keiner stand auf, um ihm zu helfen. Er war den Tränen nahe und wollte schon den Kellner rufen, als plötzlich ein Motorrad-Typ aufsprang, zu ihm rüberlief und versuchte, ihn von diesem entsetzlichen Sessel zu befreien. Als auch das nichts half, standen noch zwei auf und packten an, und auf einmal gab der Sitz nach und zerbrach mit einem scharfen Geräusch in zwei Teile.

Jetzt schämte er sich noch mehr als zuvor, denn sein Hosenboden war ganz naßgeschwitzt, und wahrscheinlich war der Sessel auch darum so unerklärlich fest an ihm klebengeblieben.

„Danke," sagte er dann. Und die Jungs sagten: „Gern geschehen." Dann fragte ihn einer, und das war für ihn nun schon ganz unglaublich, ob er nicht noch ein Bier mittrinken wolle, und er war wieder so überrascht, daß es eine Weile dauerte, ehe er eine Antwort gab. Ja. Er wollte schon.

Irgendwie kamen sie dann mit ihm ins Gespräch. Er fühlte sich inzwischen wieder besser, da er jetzt auf einer niedrigen Gartenmauer saß, und keinen Plastiksessel mehr unterm Hintern hatte. Sie redeten über Motorräder und Konzerttermine. Und über Tätowierungen. Er kam aus dem Staunen nicht mehr heraus. Sie machten sich tatsächlich nicht lustig über ihn. Nahmen ihn regelrecht ernst. Sowas war noch nie da. Die erwähnten gar nichts, das irgendwie mit seinem Aussehen zu tun hatte. Er saß da auf der Mauer, nichts konnte sich an ihm festkleben, er trank sein Bier, gab manchmal die eine oder andere Wortspende ab, und fühlte sich ziemlich zufrieden.

Er starrte auf ihre nackten Arme. Denn die waren überhaupt nicht nackt, im Gegenteil. Die waren sogar mehr als bunt. Unzählige Nadelstiche fügten sich darauf zu eigenwilligen oder ganz gewöhnlichen Gebilden zusammen.

„Ist das Tinte, oder was?" wollte er dann von einem wissen, und der sagte: „Ja, sowas in der Art. Farbe eben. Ist nichts Giftiges."

Nie mehr nackt sein, dachte er zuhause. Nie mehr nackt. Nie mehr gefangen in diesem wabbeligen Weiß. Alles zudecken. Jeden Fettpolster. Jede Speckschwarte. Jede Hautfalte. Alles einfach übermalen. Und Kunstwerke auf der Haut haben. Lauter Schönheit auf jedem Quadratzentimeter Häßlichkeit.

Sie hatten ihn zu einem Motorradtreffen eingeladen. Einem Treffen mit einer Country-Band und mit echtem Striptease. Und da müßte man auch nicht unbedingt selbst ein Motorrad fahren, hatten sie ihm versichert. Obwohl ein Motorrad ja nie ein Fehler war, und immer eine gute Anschaffung. Aber es ginge auch ohne, auf dem Treffen. Und was am besten war: dort würde auch ein Tätowierer dabei sein. Einer, der es den Leuten fast im Vorbeigehen machen konnte. Man suchte sich was aus, und er stach es dann gleich auf. Bis zum Treffen waren es noch zwei Wochen.

Er fing an, sich Zeitschriften zu kaufen, und Bücher. Alles, was er zu diesem Thema nur irgendwie bekommen konnte. Er stieß auf Namen wie Kari Barba, Guy Aitchison, Ed Hardy, Jonathan Shaw und Greg James. Aber diese Leute waren alle in Amerika. Weit weg. Aber sie waren berühmt. Weltberühmt dafür, nackte Haut für immer zu bedecken. Er wußte, das war auch seine einzige Chance. Für den Anfang aber mußte ihm, wie es aussah, ein dahergelaufener Tintenteufel auf einem Bikertreffen wohl genügen. Alles weitere würde sich dann im Laufe der Zeit schon ergeben.
Er kam sich vor wie ein Wesen von einem anderen Stern. Wie ein Marsmännchen, das gerade erst auf der Erde gelandet war. Alle starrten ihn an. Viele lachten und grinsten blöde und höhnisch. Von den Jungs sah er zunächst keinen einzigen. Bis ihn plötzlich jemand von hinten an der Schulter packte. Es war der Typ, der als erster versucht hatte, ihn damals aus seinem Sitz zu schälen. Bald waren auch einige der anderen um ihn herum, und sie erzählten ihm ein bißchen von all dem, was hier auf ihn zukommen würde.
Er wollte unbedingt wissen, wo der Mann mit der Nadel denn nun sein Zelt aufgeschlagen hatte. Sie brachten ihn gleich hin. Sofort machte er sich daran, ein Motiv auszusuchen. Er wußte zwar noch nicht, wo er es hinhaben wollte, aber das würde ihm schon noch einfallen.
Er hatte das Gefühl, dauerhaft von einer dicken Wespe gestochen zu werden. Weh tat es aber eigentlich nicht besonders. Doch man hatte ihm zuvor ja erklärt, daß der Oberarm, was Schmerzen betraf, ziemlich unempfindlich war. Er dachte eher, das liege an den Fettpolstern.
Ein Drache. Grün, mit roten Augen und gelben Krallen,

feuerspeiend. Es schwoll etwas an, aber er hatte keine Zeit, sich darüber Gedanken zu machen, denn das Abendprogramm schien bereits anzufangen.
Zuerst spielte eine Country-Band im Zelt. Er trank Bier und Wein und Cola-Weißwein und alles zusammen, so daß er bald von der Musik nicht mehr allzu viel mitbekam, sondern Mühe hatte, den aufkommenden Brechreiz zu unterdrücken. Richtig nüchtern fühlte er sich erst wieder, als die Jungs ihn zu einer kleineren Bühne am anderen Ende des Zeltes führten, wo ein Striptease stattfinden sollte. Ihm war schwindelig, und er war sehr aufgeregt, hatte er doch nie zuvor eine nackte Frau in natura und aus allernächster Nähe zu Gesicht bekommen.
Sie wurde als 'Höllenbraut Monique' vorgestellt, und als 'wildes Satansweib mit unglaublichen Maßen' angekündigt. Er bekam eine Gänsehaut. Als der fleckige Vorhang aufging, kam sie heraus, bekleidet mit einem gewagt knappen Minikleid aus schwarzem Leder, schenkelhohen roten Lackstiefeln und einer Menge schwerem Bikerschmuck. Und sie war gut und gerne hundertzwanzig Kilo schwer.
Während sie tanzte, quollen ihr bereits die überdimensionalen Brüste aus dem Ausschnitt. Die Zuschauer brüllten und pfiffen, und sie feuerten sie mit allerlei Zweideutigkeiten an, aber im Grunde schien es so, als machten sie sich lustig über sie und ihre enorme Fülle. Er kannte das. Sein ganzes Leben hatte man ihm zur Hölle gemacht aufgrund seines Aussehens.
Nachdem sie ihr winziges Kleid unter kaum lasziv wirkenden Bewegungen abgelegt hatte, setzte sie sich auf einen westerngestylten Hocker und zog ihre Stiefel aus.

Der riesige Bauch bedeckte dabei sogar noch ihre Schenkel. Das Publikum schrie wie wild. Als sie ihren BH, der wie ein spitzenverbrämtes Brustgeschirr aussah, langsam öffnete, warf jemand aus dem Hintergrund ein zum Ballon aufgeblasenes Kondom auf die Bühne. Sie kümmerte sich nicht darum, lächelte, so verführerisch sie konnte, und spielte mit den herabfallenden Trägern. Mit blankem Busen ließ sie ihre breiten Hüften kreisen, während sie ihre schwarzen Strümpfe herabrollte. Nachdem sie auch Strumpfgürtel und Slip ausgezogen hatte, tanzte sie vollkommen nackt auf der Bühne hin und her. Er fand es widerlich, wie die Menge ihr allerhand Schweinereien zurief, wie sie geiferte und lachte, tobte und grölte.

Plötzlich kam ein Mann mit einer Bierdose auf die Bühne gesprungen. Zuerst bewegte er sich tänzerisch zur Musik, dann kippte er der nackten Venus das Bier über die Brüste. Sie lachte, aber er meinte zu erkennen, daß sie in Wirklichkeit keinen Spaß daran fand. Als dieser Typ schließlich anfing, ihre Wülste abzutasten, ihre Brüste zu begrapschen und ihr in den feisten Hintern zu kneifen, wobei er ständig Obszönitäten von sich gab und vor Lachen prustete, riß ihm die Geduld. Er hievte sich unter größter Anstrengung auf die Bühne, riß die Tänzerin an sich und schrie den Mann an: „Du widerliches Schwein! Laß gefälligst die Lady da in Ruhe! Was fällt dir ein, sie so abzutatschen. Siehst du nicht, daß du sie erniedrigst? Laß sie bloß zufrieden, sonst kriegst du es mit mir zu tun!"

Mit einem Schlag war es totenstill im Publikum. Vereinzelt wurden Stimmen laut. „Was will denn der Fettklotz?" rief einer. Und ein anderer sagte: „Aber ich sehe hier weit und breit keine Lady! Habt ihr irgendwo eine Lady gesehen?“ Die Zuschauer antworteten mit euphorischem Gelächter. Auf einmal aber rief einer der Jungs aus der Gang: „Er hat Mut! Er ist nicht so primitiv wie die anderen hier, hört ihr? Von jetzt an ist er ‘der Samurai’, verstanden! Er sieht aus wie ein Samurai, nicht wahr? Und er hat Mut zum Kämpfen. Und so wie er aussieht, legt ihr euch besser nicht mit ihm an!“

Er fühlte sich stolz und stark. Er wußte, er würde von nun an zu ihnen gehören. Sie hatten ihn akzeptiert. Er war ein Samurai. Aufrechten Ganges führte er die Höllenbraut Monique von der Bühne. Er begleitete sie zu ihrem Wohnwagen.

„Danke“ sagte Monique, während sie sich eine Zigarette anzündete. „Nett, daß du mir geholfen hast. Aber mach sowas bitte nie wieder, ja.“

„Aber Monique!“ rief er aufgebracht. „Sie behandeln dich doch wie Dreck! Sie lachen dich aus, machen sich lustig über dich! Das darfst du nicht zulassen!“

Monique lächelte mit ihren schwarzgeschminkten Lippen. Dann erwiderte sie: „Ich glaube, du kapierst nicht, was hier läuft. Das ist nur ein Job, und ich bin das gewöhnt. Es ist besser als anderswo. Ein paar von diesen Jungs sind wirklich ganz nett, ehrlich. Und von irgendwas muß ich leben, klar! Mach dir also bitte keine Sorgen um meine Würde!“

Er schüttelte den Kopf. Was Monique gesagt hatte, war ihm unbegreiflich.

„Wo, stellst du dir denn vor, soll ich sonst arbeiten? Mit diesem Körper? Mit diesen Titten? Beim Pornofilm könnte ich es vielleicht mal versuchen. Aber sonst? Ich mache das jetzt schon drei Jahre, und ich werde ganz gut bezahlt dafür. Die meinen es doch nicht böse. Sie können eben nicht anders, das ist ihre Art. Komm ja nicht auf die Idee, mich zu missionieren. Von Klugscheißern habe ich nämlich die Nase voll, und überhaupt glaube ich, du warst vorher noch nie auf so einem Treffen." Sie dämpfte ihre Zigarette auf einer Untertasse aus und begann, ihre schwarzgefärbten Haare zu bürsten.

Ihre Gleichgültigkeit machte ihn wütend. Er hatte sich nie mit den Tatsachen abfinden wollen. Aber sie war nur abgeklärt. Fast gefühllos. Dabei wußte er genau, wie ihr zumute sein mußte. In einem ungeliebten Körper. Er wollte sie auf ein Getränk einladen. Monique aber lehnte barsch ab, mit der Begründung, daß zwei von derselben Sorte in der Öffentlichkeit wie ein Pärchen aus einer Freakshow aussehen würden.

Als er sich schlafenlegte, im Zelt, das ein paar von seinen neuen Freunden schon aufgeschlagen hatten, erkundigte er sich noch ein bißchen über Tätowierungen. Er war sich sicher, Monique würde von seinem Körper eines Tages noch sehr beeindruckt sein. Vielleicht begriff sie ja erst dann, daß er doch ein ganzer Kerl war, ein echter Mann, ein Samurai.

Nach dem Treffen, als Monique, von der er wenigstens noch eine Adresse ergattern konnte, längst weitergezogen war, um ihr pralles Fleisch an einem anderen Ort begaffen zu lassen, begann er, Geld zu sparen. Geld für eine Reise nach Amerika.

Als er endlich die letzte Klasse hinter sich gebracht hatte, plante er sofort seine erste große Fahrt nach Übersee. Seine Eltern wußten noch nicht einmal etwas vom feuerspeienden Drachen.

Zwei Jahre vergingen, so schnell wie ein einziger Tag. Die Gang war inzwischen zu 'seiner' Gang geworden. Er hatte Freunde. Hatte Menschen, die zu ihm hielten, die ihn annahmen, wie er war. Die ihn sogar schätzten, wegen seiner ungeheuren körperlichen Stärke. Auf Parties und Konzerten durfte er immer den Rausschmeißer spielen. Wenn es zum Kräftemessen kam, konnte man sicher sein, daß er gewinnen würde. An Monique dachte er oft. Eines Tages, so schwor er sich, würde er sich ein Herz fassen und sie anrufen. Er würde dann auch genug Geld haben, um sie für immer von der Bühne zu holen. Denn er hatte mittlerweile gelernt, wie man V-Zylinder repariert, Motorradzubehör verchromt und heiße Öfen auf Vordermann bringt. Mechaniker war zwar nicht sein Traumberuf, aber immerhin war es ein sicherer Job, und man war immer in Kontakt mit den Jungs, deren Maschinen ständig der einen oder anderen Wartung bedurften. Und jedesmal, wenn einer aus der Gang ihm sein Gefährt zur Generalüberholung brachte, konnte er diverse Kleidungsstücke lüften und zeigen, was auf seiner Haut so voranging.

Nach drei Amerikareisen und einem Kurzaufenthalt in London waren rund siebzig Prozent seines Körpers mit Tinte bedeckt. Die einzelnen Motive gingen bereits ineinander über, die Konturen verschwammen und begannen, sich zu einem Gesamtkunstwerk zu vereinigen. Was noch ungeschmückt war, würde früher oder später auch noch bedeckt werden. Das Fett an Bauch und Rücken sowie am mächtigen Brustkorb versteckten bereits zahllose Ornamente aus der Edo-Periode und asiatischer Krieger- und Göttergestalten. Die Beine entlang zogen sich großflächige Blumenmuster bis zu den

noch nackten Füßen hinab. Die Oberarme verbargen sich unter fernöstlichen Symbolen.
Ein letztes Mal noch wollte er sich zum Zwecke einer ganzkörperlichen Vervollkommnung in Ausland begeben. Dann, wieder zurück und gänzlich bebildert und gefärbt, würde er sofort Monique anrufen.
In der ersten Zeit fühlte er sich oft recht sonderbar mit diesem seltsamen Schmuck am Leibe. Die Menschen starrten ihn an, immer noch. Doch war er sich sicher, daß sie ihn nun wegen seiner Tätowierungen ansahen, nicht wegen seiner Unförmigkeit. Es tat gut, nicht mehr nackt sein zu müssen. Es war angenehm, all das Fleisch unter farbenprächtiger Kunst verstecken zu können. Aber seine wulstigen Finger und sein massiger Schädel deuteten seine Fettleibigkeit immer noch an, viel zu sehr, und viel zu offenkundig.
Er rief Monique von einer Telefonzelle aus an. Sie war nicht da. Eine Frauenstimme gab ihm ihre neue Nummer. Mit nervösen Fingern wählte er diese, um endlich, nach Jahren, ihre Stimme wiederzuhören. Sie konnte sich im ersten Moment gar nicht mehr an ihn erinnern. Dann fiel ihr der Zwischenfall auf der Bühne doch wieder ein, und unwillig erklärte sie sich nach langem Hin und Her bereit, ihn kurz bei sich zuhause, in ihrer neuen, winzigen Wohnung, wie sie betonte, zu empfangen.
Monique öffnete die Tür und schlug sie sofort wieder zu. Dahinter schrie sie: „Wer sind Sie? Ich kenne Sie nicht!“
Er stemmte sich gegen die Tür und frischte ihr Gedächtnis mit wenigen Worten auf. „Bist du wahnsinnig! Das geht doch nie wieder ab!“ rief sie mit gellender Stimme.
„Es ist Kunst,“ antwortete er ruhig, „und es verhüllt meinen häßlichen Körper. Und überhaupt bin ich gekom-

men, um mit dir über die Zukunft zu sprechen. Ich habe viele Mädchen getroffen, in der Zwischenzeit. Aber keine interessierte sich für mich, und ich interessierte mich auch für keine. Ich habe das Gefühl, daß wir beide füreinander bestimmt sind. Weil wir doch beide so unglückselige Körper haben, und uns deshalb nie Vorwürfe machen könnten, und uns immer verstehen werden, weil wir dieselben Probleme kennen."

Monique riß die Tür auf und forderte ihn auf zu gehen. Er stand verwundert auf, und Monique schrie ihm ins Gesicht: „Jetzt siehst du erst recht furchtbar aus. Viel schlimmer als früher! Glaubst du im Ernst, ich will ein Monster zum Freund haben? Dieses fürchterliche Gesicht kann einem ja nur Angst machen! Allein die Vorstellung, nachts aufzuwachen und diesen grausigen Kopf ansehen zu müssen, wo man nicht einmal die Augen sofort erkennen kann, und keinen Mund, und keine Nase! Dieses dünne Rattenschwänzchen da hinten an deinem gräßlich gemusterten Kopf! Und die Hände! Ich kann gar nicht hinsehen! Ich bitte dich, geh'! Ich hoffe nur, du erträgst dich selbst! Ich möchte jedenfalls in deiner Haut nicht stecken! Da kriegt man ja das Grausen! Da ist mir mein fetter Arsch noch lieber!"

Er ging die Straße entlang zur Busstation. Er fuhr zurück in die Werkstatt. Alle Augen ruhten auf ihm. Er fühlte sich plötzlich nackter als je zuvor in seinem Leben. Mit seiner Hülle, die keine Hülle mehr bedecken konnte. Zu den Eltern konnte er nicht mehr. Denen durfte er nicht mehr unter die Augen treten. Aber die Gang hielt wenigstens noch zu ihm. Als Rausschmeißer würden sie ihn immer noch gut gebrauchen können. Und V-Twins reparieren konnte er besser als alle anderen. Er würde sich selbst bald ein Motorrad zulegen, dachte er dann. Er hatte ja nichts anderes mehr, auf das er sparen konnte. „Ist der Mann aber häßlich!“ sagte ein Kind, als er aus dem Bus ausstieg. Und plötzlich wußte er nicht mehr, warum das Kind diesen Satz gesagt hatte. Es gab nun zwei Gründe. Aber das konnte ihm nicht mehr viel anhaben, hatte er sich doch einmal im Leben wirklich stark gefühlt, damals, als er zum Samurai wurde, der er doch immer bleiben würde, jetzt mehr noch als je zuvor.

ZUCKER

„Gibst du mir den Zucker!"
Er schaut mich nicht einmal an dabei, dachte Agnes. Nicht einmal das. Aber wozu auch wieder? Er weiß doch sowieso, wie ich ausschaue. In der Zeitung steht wenigstens jeden Tag was Neues drin. Aber mein Gesicht ist immer dasselbe. Ich weiß ja selber, daß ich um die Zeit nicht grad schön bin, aber auch wenn's so wäre, es bliebe doch alles beim Alten. Ich weiß nicht einmal, ob ihm der Kaffee überhaupt schmeckt, den ich ihm seit einunddreißig Jahren vor die Nase stelle.
Agnes überlegte hin und her. Sie hätte das Negligé vielleicht doch bestellen sollen, aus dem Versandkatalog. Aber nein, dachte sie dann, an mir schaut sowas ja doch nie gut aus. An mir schaut sowas immer gleich ordinär aus. Und ganz unpassend. Die Brust hängt da immer gleich so heraus. Und unten scheint alles durch. Und der Ausschnitt wäre sicher zu weit gewesen. Naja, den hätte man vielleicht ein bißchen einnähen können, einen Gummi einziehen oder sowas. Aber ihm wäre es wahrscheinlich gar nicht aufgefallen. Der sieht gar nicht, wenn ich so aufgemascherlt dasitze. Durchsichtige Zeitungen müssen halt erst erfunden werden. Und eigentlich legt er ja keinen Wert darauf. Er hat schon früher immer gesagt: „Wegen mir brauchst du dich aber nicht so aufdonnern. Schaust mir ja aus wie eine Hur damit. Zu dir paßt sowas eben nicht. Du bist nicht der Typ für solche Sachen. Da gehört vielleicht eine andere hinein, in so einen Fummel, aber nicht du!"
Es war noch nicht richtig hell, als Agnes das Haus ver-

ließ. Aber zum Bus war es doch ein schönes Stück zu gehen. Und versäumen durfte sie ihn auf keinen Fall. Im Bus saßen nur zwei Leute. Agnes saß auf 'ihrem' Platz. Dritte Reihe, rechts, am Fenster.

Warum sitz' ich eigentlich immer am Fenster?, fragte Agnes sich. Ich schau ja gar nicht raus. Ist ja immer das gleiche da draußen. Die gleichen Büsche, der gleiche Birnbaum an der gleichen Stelle, die gleichen Häuser, der gleiche Zaun.

Trotzdem hielt Agnes ihre Augen während der ganzen Fahrt unablässig auf die Landschaft vor der beschlagenen Scheibe gerichtet. Eigentlich fuhr sie gern mit dem Bus. Das war die Stunde am Tag, die ihr gehörte, ihr ganz allein. Da konnte sie ungestört die Augen zumachen, zwischendurch. Und wenn sie sie wieder aufmachte, waren sie ganz naß, meistens. Der Bus war ihr Lieblingsplatz zum Weinen. Da sah keiner hin, in aller Herrgottsfrühe. Und die Tränen kamen jedesmal ganz von selber. Da mußte sie gar nichts dazutun. Da mußte sie oft nicht einmal Gründe haben. Gründe hatte ja vielleicht jeder im Bus. Gründe genug. Aber über die brauchte man nicht unbedingt erst nachdenken.

Im Winter war es oft so kalt, trotz der Heizung unter den Sitzen, daß Agnes Angst hatte, die Tränen auf ihrem Gesicht würden gefrieren. Sie wischte sie dann immer schnell weg. Erst wenn das Weinen vorbei war, überlegte Agnes sich die Gründe, ein bißchen, manchmal. Es war immer etwas anderes, und doch jedesmal alles zusammen. Es war immer etwas Bestimmtes, und doch jedesmal irgendetwas. Manchmal waren es die Schulkinder, die auf halber Strecke zustiegen. Es war das Kichern der Mädchen in den hinteren Bänken, die ihre Anoraks an denen der Burschen rieben. Ihr Flüstern. Ihre hohen, jungen Stimmen. Der Geruch der Jause, die sie in ihren Schultaschen hatten. Manchmal waren es die Katzen, die aufgeplustert von der Kälte auf Zaunpfählen saßen, mit aufgerichteten Rückenhaaren und dösigen Augen. Es war ihr unterdrücktes Frieren. Ihr Schnurren vielleicht, das man nur annehmen, nie aber hören konnte. Es war ihr Entferntsein von den Besitzern. Ihre nächtliche Ausgesperrtheit, die sie noch in den spitzen Gesichtern umhertrugen. Es war ihr Alleinsein. Manchmal waren es auch die Studenten, die im letzten Drittel der Strecke zustiegen. Es waren ihre Aktenkoffer, die soviel Weisheit zu verbergen drohten, soviel Unbekanntes, Kompliziertes. Es war die Entschlossenheit in den Gesichtern der jungen Männer, ihre Eingesponnenheit, ihr Unbekümmertsein im Hinblick auf die Zukunft, die noch vor ihnen lag, ohne Grenzen noch. Es war die Verliebtheit in den Gesichtern der jungen Frauen, die verträumt eine Liebesnacht Revue passieren ließen, hinter ihren hoffnungsvollen, langwimprigen, weltentfernten Augen. Manchmal aber war es nur ein Baum, der in der Ferne seine nassen Äste ins Leere reckte, besetzt von kleinen Vögeln, die sich niederließen und wieder wegflogen. Oder es war ein Haus, hinter dessen Fenstern schon Licht brannte, noch abgeschirmt von geschlossenen Vorhängen. Es war der Gedanke an die Unbekannten, die dahinter ihre Zähne putzten, ihr Frühstück aßen, ihr Radio anstellten. Es war das Wissen um die letzte Haltestelle, den sicheren Ausstieg an unveränderter Stelle, den anfangslosen, sich täglich wiederholenden Beginn.

Hoffentlich wird es bald wärmer, dachte Agnes. Mit dem Rad ist es doch viel angenehmer. Das ist wie ein kleiner

Ausflug vor der Arbeit. Da kann ich einmal richtig allein sein. Obwohl das keine Rolle spielt, weil ich sowieso immer allein bin. Denn das Komische ist, daß das Alleinsein nicht aufhört, wenn ich wieder daheim bin, beim Ludwig. Da fängt's erst richtig an oft. Obwohl er mir fehlen würde, wahrscheinlich, wenn er auf einmal nicht mehr da wäre. Aber wir tun doch gar nichts miteinander. Wir essen was, wir sehen fern, wir reden nicht viel dabei. Es stört den Ludwig, wenn man beim Fernsehen spricht. Entweder oder, sagt er immer. Aber das Oder gibt's gar nicht. Wenn der Fernseher aus ist, wird das Haus so still, daß man ein Haar zu Boden fallen hören könnte. So still wird es.

Agnes wußte, daß sie nichts Interessantes zu erzählen hatte. Es war ja immer das gleiche, nie was Neues, Anderes. Die Kollegen, dachte sie, die kennt er ja gar nicht, oder er mag sie nicht. Und wenn ich ihm sage, daß die Herma mit der Hand in die Nähmaschine gekommen ist und sich durch den Mittelfinger gesteppt hat, dann sagt der Ludwig höchstens: „Soll sie halt zum Arzt gehen, die Herma. Was erzählst denn mir das? Kann ich ihr vielleicht helfen? Muß sie halt besser aufpassen, die Herma."

Vielleicht, überlegte Agnes manchmal, wäre es besser, wenn sie einen anderen Beruf hätte. Vom Nähen verstand er eben gar nichts, der Ludwig. Und eine Fabrik für Damenoberbekleidung war für ihn so weit weg wie Amerika von Agnes.

Agnes rutschte auf die Seite, als ein Herr neben ihr Platz nahm. Der saß sonst immer weiter hinten, glaubte sie sich zu erinnern. „Sauwetter, heute", sagte er, und Agnes nickte. Sie war sehr verwundert darüber, angesprochen zu werden. Von einem ganz fremden Mann. Die Leute im Bus redeten doch sonst nur miteinander, wenn sie sich kannten. Aber der Herr sprach weiter, der fremde Herr. Ein richtiges Gespräch wollte er mit Agnes beginnen. Es stellte sich heraus, daß er Bibliothekar in der Stadtbücherei war.

„Hermann heiße ich übrigens,“ sagte er, und streckte Agnes seine Hand hin. „Hermann Rosenbauer“.

„Und ich bin die Agnes,“ sagte Agnes, und vergaß in der Aufregung ganz, ihren Nachnamen zu nennen. Als sie aussteigen mußte, rief ihr der Hermann Rosenbauer noch nach: „Vielleicht sehen wir uns ja wieder einmal im Bus!“

Ich dumme Gans, ich!, schimpfte Agnes heimlich mit sich, jetzt ist es bald Mittag und ich schäm' mich immer noch. Sage nicht einmal, wie ich heiße! Agnes! Der grausliche Vorname ist alles, was er jetzt von mir weiß. Was wird der jetzt von mir denken? Aber was er erzählt hatte, das fand Agnes sehr interessant.

Das muß schön sein, dachte Agnes, wenn man immer mit Büchern zu tun hat. Er hat ja gesagt, daß er viel liest. Der muß furchtbar gescheit sein! Und hat sicher nur mit gescheiten Leuten zu tun. Mit Akademikern. Ich habe gar nicht viel sagen können, als er mich gefragt hat, was ich am liebsten lese. Ich kenn' ja nicht so viel. In der Nervosität sind mir nur mehr meine Mädchenbücher eingefallen. An die kann ich mich noch gut erinnern. Aber sonst? Ja sicher, die Zeitungsromane lese ich schon immer, aber die kennt er wahrscheinlich nicht. Und ich kann ja nicht über ein Buch reden, wo ich nur den Autor kenne. Den Schiller zum Beispiel. Oder den Goethe. In der Schule haben wir ja von denen gelernt.

Ob der eine Frau hat?, fragte Agnes sich dann. Sicher. Er schaut ja fesch aus. Aber viel jünger als ich wird er nicht sein. Vielleicht hat er sich gedacht, ich schau' noch jung aus für mein Alter? Aber wo! Der hat sich gar nichts gedacht. Aber zum Schämen ist es trotzdem, wenn man so gar nicht zu erzählen hat. Über sein Leben und so, auf die Schnelle. Es gibt ja nichts zu sagen.

Agnes' Leben war nie abenteuerlich gewesen. Ganz normal eben. Schule. Lehre. Beruf. Hochzeit. Kind. Von ihrem Buben hätte sie erzählen können, fiel ihr dann ein. Aber eben von früher, als ihr Thomas noch klein war. Jetzt ließ er sich ja so selten anschauen. Weil seine Frau was dagegen hatte, immer schon. Dabei fand Agnes sie doch ganz nett, diese Anita. Und die kleine Sabine wuchs und wuchs, und Agnes bekam das alles gar nicht so mit. Aber die Jungen sollen ihr eigenes Leben haben, fand Agnes. Das mußte man verstehen. Sie war ja selbst auch einmal jung.

Nach der Arbeit stieg Agnes wieder in den Bus und fuhr heim. Sie kochte das Abendessen und goß die Zimmerpflanzen. Als Ludwig gegessen hatte, setzte er sich vor den Fernseher. Agnes ging früh schlafen. Als Ludwig später nachkam, wachte sie auf. Das Bett knarrte, als er sich hineinlegte. Auf einmal fiel Agnes auf, deutlicher als sonst, daß sie sich nie eine Gute Nacht wünschten. Von einem Kuß war gar nicht zu reden. Agnes und Ludwig küßten sich nie. Agnes konnte sich gar nicht mehr an ihren letzten Kuß erinnern. Aber der allererste Kuß ihres Lebens fiel ihr plötzlich wieder ein, zum ersten Mal nach einer Ewigkeit.

Ob es den Hartmut noch gibt?, fragte sie sich und schloß die Augen. Auf einmal sehe ich sein Gesicht wieder vor mir, ganz deutlich. Ja, der Hartmut! Ein schöner Mensch war das! So groß und gerade, und mit blitzend weißen Zähnen. Das war mein einziger Ball. Der Feuerwehrball war es, und meine Eltern haben mich mitgenommen. Da hat der Hartmut mit mir getanzt. Und betrunken war ich auch ein bißchen. Mein Kleid war aus einem steifen Stoff, aber die Farbe war sehr schön. Blaue Rosen waren drauf. Als mir warm war vom Tanzen, sind wir hinausgegangen auf den Platz. „Du, ich hab' dich gern," hat der Hartmut dann zu mir gesagt. Wie das schön war, das kann sich kein Mensch vorstellen. Denn er hat bestimmt mich gemeint. Es war ja sonst niemand da. Mir hat keiner mehr sowas Schönes gesagt. Nicht einmal der Ludwig. Und dann ist es passiert. Ein langer Kuß war das, ein zärtlicher. Wie im Film. Ich hab' mich ja so geniert. Das war echte Liebe, und das stand auch genauso in meinen Mädchenbüchern. Ganz zuckersüß war das alles. So, als ob die Welt, in der man lebt, mit einem dicken, pickigen, weißrosa Zuckerguß überzogen wäre. Aber in Wirklichkeit ist es nie wie im Kino. Gerade umgekehrt ist es da. Denn im Kino, da sind immer zwei, die sich am Anfang überhaupt nicht ausstehen können, und die am Schluß dann doch die große Liebe miteinander erleben. Im Leben ist es ganz genau umgekehrt.

Vom Fleck weg hätte sie ihn damals geheiratet, den Hartmut. Aber das war kein Mann zum Heiraten. Da hätten Agnes' Eltern viel dagegen gehabt. Der Hartmut war ja einer, der jeder schönen Frau schöne Augen machte. Und schließlich hatte er zwei ledige Kinder, von zwei verschiedenen Frauen. Das mußte man sich einmal vorstellen.

Ob sie mit dem Hartmut glücklicher geworden wäre als mit dem Ludwig, das wußte Agnes nicht. Wer war denn schon wirklich glücklich? Sowas wie Glück gab es doch gar nicht, meinte Agnes. Nicht im richtigen Leben jedenfalls. Für Agnes war das Leben sowas wie eine Scheibe Brot, trocken und mit einer harten Rinde. Das andere, das, was man sich vorstellen und wovon man nur träumen konnte, das war die Butter drauf. Und nur manchmal kam ihr das Leben doch noch vor wie eine Torte, mit dickem Zuckerguß drauf. Aber wenn die Glasur erst einmal weggenascht war, und das geschah meist schon ganz am Anfang, dann blieb nur mehr der nackte Kuchen übrig. Und der wurde bald hart und dürr an den Rändern, und ganz altbacken, und wenn man eine neue Glasur darübergoß, dann war die auch bald wieder ab, und man hatte wieder nur den bröseligen alten Kuchen.

Am nächsten Morgen stand Agnes noch ein bißchen früher auf. Bevor sie aus dem Haus ging, wurde sie aber noch einmal so sehr aufgehalten, daß sie ihren Bus fast wieder um ein Haar zu versäumen glaubte. Sie konnte ihren Lippenstift nicht finden. Den, den sie vor Jahren einmal gekauft hatte. Und sie beschloß, nachdem ihr Mund rot war, wieder einmal zum Friseur zu gehen.

Der Herr Rosenbauer kam nicht an diesem Tag. Auch nicht am nächsten und übernächsten. Erst eine gute Woche später stieg er wieder in den Bus ein, an einem Tag, an dem Agnes längst kein ranziges Lippenrot mehr aufgetragen hatte. Er setzte sich wieder neben sie.

Agnes hatte große Lust, ihn zu fragen, wo er in der letzten Zeit gewesen war. Aber sie traute sich nicht. Schließlich ging es sie ja nichts an. Er ging sie überhaupt nichts an, dieser Herr Rosenbauer.

„Sie fahren zur Arbeit, nicht?“ fragte er sie dann. Agnes konnte wieder nur stumm nicken. Etwas würgte sie im Hals. Und er saß so dicht neben ihr, daß sein Ärmel ihre Jacke berührte. Agnes lachte ihn an, ganz auffällig und kokett, aber dann machte sie den Mund schnell wieder zu, denn sie hatte schlechte Zähne, und die kleinen Häkchen der Prothese, die sie trug, blitzten an den Eckzähnen, wenn Licht darauf fiel.

„Ich mache Kleider,“ sagte sie dann.

Herr Rosenbauer sah sie mißtrauisch, aber freundlich an. „Sie sind aber keine Modeschöpferin, oder?“ entgegnete er dann schmunzelnd.

Agnes verneinte unter unterdrücktem Lachen. „Ich meine, ich arbeite in der Kleiderfabrik.“ sagte sie dann. Und fühlte plötzlich Ärger in sich aufsteigen, über die Unverschämtheit, ihr nicht zuzutrauen, daß sie tatsächlich eine Modeschöpferin sei.

„Wie geht es Ihrer Frau?“ fragte sie dann unvermittelt.

„Ich bin Witwer“, antwortete Herr Rosenbauer.

Agnes schämte sich wegen ihrer dummen Frage. Wie konnte sie sich nur so sicher sein, daß er eine Frau hatte? Er war doch völlig fremd. Und sie sah wirklich nicht aus wie eine Modeschöpferin.

Nachts lag Agnes neben Ludwig und dachte an Herrn Rosenbauer. Im Geist nannte sie ihn längst Hermann. Sie erinnerte sich, wie er ihr unlängst ein Kompliment gemacht hatte. „Sie haben wirklich schöne Augen,“ hatte er zu ihr gesagt. Agnes war das Herz im Leibe höhergesprungen dabei.

Am Ende gefalle ich ihm noch, amüsierte sie sich unter der Bettdecke. Am Ende möchte er etwas mit mir haben, dachte sie. Er ist ja frei, warum soll er sich sowas denn nicht wünschen dürfen? Und irgendwann werde ich schon noch etwas anhaben, das er auch so schön findet, daß er's mir sagt. Wenn er mich einlädt, auf einen Kaffee, irgendwann einmal, dann könnte ich doch einfach mitgehen. Aber ich weiß ja nichts zu sagen. Er erzählt immer soviel. Von den Leuten, die in die Bücherei kommen, und von den neuen Büchern, die herauskommen. Und sogar von den Kakteen, die er zuhause selbst aus Samen zieht, auf der Fensterbank.

Beim Aufstehen war Agnes' Nachthemd verklebt mit Blut. Das ganze Bettzeug war durchtränkt. Bei jedem Schritt lief ihr das Blut die Beine entlang auf die Füße. Sie verteilte es beim Gehen vom Schlafzimmer bis ins Bad.

„Da sollte etwas unternommen werden", sagte der Arzt mit warmer Stimme. „Das ist gar nicht in Ordnung, wenn man bedenkt, daß die Wechseljahre bei Ihnen eigentlich schon abgeschlossen sein müßten. – Wann hatten sie denn zum letzten Mal Ihre Periode?" Agnes mußte ein bißchen rechnen. „Es ist schon einige Jahre her, sieben oder acht oder noch länger." Der Arzt war sehr freundlich. Er nahm allerlei Proben, Gewebe und Flüssigkeit und alles. „Man soll nicht gleich das Schlimmste annehmen", sagte er beim Hinausgehen.

Auf dem Heimweg weinte Agnes wieder, aber nicht mehr als sonst. Aber heute hatte sie einen Grund. Einen handfesten sogar.

Was ist, wenn ich sterbe?, dachte Agnes. Ich will es erst gar nicht wissen, wenn es Krebs ist. Die Mutter ist auch an Krebs gestorben, und der Großvater hatte ihn, und der Urgroßvater auch. Kann ja gar nichts anderes sein. Da

wird mir der Ludwig aber doch einmal zuhören. Bestimmt sogar.
„Ludwig, ich muß vielleicht ins Krankenhaus," sagte Agnes beim Abendessen. „Ich hab' da was, im Unterleib, das ist vielleicht was Böses. Du weißt ja, als ich so geblutet habe, aus heiterem Himmel. Glaubst du, daß es Krebs ist? Ludwig, glaubst du das?"
„Agnes! Wie soll ich wissen, was du hast? Da mußt du den Arzt fragen, nicht mich. Ich kenne mich doch nicht aus in deinem Unterleib. Es wird schon nichts Ernstes sein. Da muß man abwarten, nicht vorher schon jammern."
Agnes begann zu weinen. „Aber Ludwig!" schrie sie, „Ludwig, das viele Blut! Und meine Verwandtschaft hat auch Krebs gehabt. Du weißt doch noch, als die Mutter –"
Ludwig stand vom Tisch auf. „Agnes! Hör mir auf mit deiner Mutter! Die ist doch schon ewig tot! Und wer sagt, daß es bei dir genauso ist? Das sind doch Hirngespinste! Und sonst legst du dich eben ins Krankenhaus, und die schneiden dir das heraus, und fertig. Deine Schwarzseherei ist furchtbar. Du verdirbst einem wirklich alles mit deinem Gejammer. Wo du's noch nicht einmal sicher weißt!"
Agnes' Herz schlug schnell und unregelmäßig. Sie konnte nicht einschlafen. Sie dachte daran, wie man sie aufrufen würde, und ihr mit ernster Miene das Todesurteil verkünden würde. Sie hatte ein ganz schlechtes Gefühl. Neben ihr schlief Ludwig. Sie griff nach seiner Hand. Er zog sie im Schlaf weg, und Agnes weinte.
Herr Rosenbauer saß neben Agnes und machte ihr ein Kompliment über das Kleid, das sie trug. Agnes

bedankte sich nicht, sondern sagte ins Nichts hinein: „Ich lebe vielleicht nicht mehr lange, weil ich vielleicht Krebs habe."
Herr Rosenbauer starrte sie an. „Was reden Sie denn da?" fragte er sie mit blankem Entsetzen.
„Ich meine, wenn wir es tun wollen, müssen wir uns beeilen," gab Agnes zur Antwort und stieg aus, drei Stationen zu früh. Sie würde ihren Arbeitsbeginn verpassen und zu spät kommen. Im Laufen fing sie an zu weinen, ohne es zu merken.
Was habe ich nur gesagt? dachte sie in heftiger Erregung, was habe ich nur gesagt? Ich kenne ihn nicht, und er kennt mich nicht. Er hat nie irgendwelche Anstalten gemacht. Er will mich doch gar nicht haben! Ich bedeute ihm nichts, und er macht sich einen Spaß mit mir. Und ich habe noch nie so etwas zu jemandem gesagt. Noch nie! Was geht ihn mein Krebs an? Was habe ich mit diesem fremden Mann zu tun?
„Gutartig". Der Arzt lächelte. Nur ein kleiner Eingriff. Komplikationen sind auszuschließen. Es wird nicht lange dauern. Eine harmlose Sache, zum Glück. Da muß man schon dankbar sein.
Agnes konnte es kaum erwarten, bis sie es endlich Ludwig sagen konnte. Harmlos. Ein kleiner Eingriff! Gutartig! Glück gehabt!
„Da siehst du wieder, wie unnötig deine Aufregungen immer sind! Das hätte ich dir gleich sagen können. Ich verstehe nicht, wie Frauen immer Angst haben können."
Ludwig rührte seinen Kaffee um. Dann nahm er die Zeitung und begann, darin zu lesen.
Wenn ich ihn wiedersehe, dachte Agnes beim Baden, werde ich so tun, als würde ich ihn gar nicht kennen.

Nicht einmal grüßen werde ich ihn, geschweige denn anlächeln. Keines Blickes werde ich ihn würdigen. Und in ein paar Wochen ist es wieder warm genug fürs Rad. Busfahren ist sowieso deprimierend. Das ist nur wieder immer das gleiche, alle Tage, als ob ich das nicht sonst auch hätte. Und es stimmt ja wirklich, man muß dankbar sein.

EIN DUNKLES GEFÜHL

Sie schrie. Er riß sie an den Haaren. Versuchte, ihr den Mund zuzuhalten. Dann schlug er ihr hart ins Gesicht. Ein roter Faden trat aus ihrer Nase hervor, sammelte sich in der Kerbe oberhalb ihres Mundes zu einer kleinen Pfütze, einem blutigen Flecken. Als er ihr die Strumpfhose zerrissen hatte, und ihren Slip herabgestreift hatte, drang er mit Gewalt in sie ein. Dabei hielt er ihre zuckenden Hände fest umklammert. Er hielt sie wie in einem Schraubstock, bewegte sich heftig und preßte seine Stirn gegen ihre Lippen, um ihr Schreien zu ersticken. Dann ließ er von ihr ab, schloß den Reißverschluß seiner Hose und schüttelte sie in ihrer beklemmenden Starre von sich, beinahe angewidert. Nach wenigen Schritten begann er zu laufen. Ihr lautes Flehen wollte nicht aus seinem Kopf weichen, marterte ihn in vervielfachter Lautstärke und zerriß wie Sirenengeheul die Stille der Nacht.

In seiner Wohnung angekommen entledigte er sich, erfüllt von Ekel und peinigender Scham, seiner Kleider und duschte lang.. Er wußte, daß es nie aufhören würde. Daß es immer so weitergehen würde, immer weiter und weiter. Sie schien ihm zu Anfang sehr willig, er hatte nicht abschätzen können, daß sie sich schließlich doch weigern würde. Das war etwas, das er nie herausfinden konnte. Immer lockte ihn ein Lächeln an wie süßer Honig, immer war der Reiz offenkundig, immer schien es wie ein Spiel, bis er mit animalischer Gebärde blutigen Ernst daraus machte.

Das Wissen darum, daß es ihr Blut war, das sein Haar am Ansatz und an der Schläfe verklebte, machte ihn rasend.

Er tauchte sein Haupt wieder und wieder in den befreienden Strahl, um alles von sich abzuwaschen, alle Schuld und alle Erinnerung. Der Gedanke, sie könnte ihre Drohung wahrmachen und Anzeige erstatten, quälte ihn. Obwohl schon die eine oder andere damit gedroht hatte, befiel ihn diesmal wirklich Angst. Auf Erfahrungen konnte und wollte er sich nicht mehr verlassen. Fieberhaft warf er sich den Morgenmantel über und suchte in wilder Hast nach einer Schere. Er mußte die Schere finden, und er mußte es heute nacht noch tun. Die Gewißheit, daß dasselbe Gefühl wiederkommen würde, bald schon, ohne Vorwarnung und ohne Ausweichmöglichkeit, bestürzte ihn, ließ ihm keine Ruhe, folterte ihn mit grausamer Allgegenwärtigkeit. Er ging ins Schlafzimmer, um dort nach der Schere zu suchen.

Millionenmale hatte er versucht, sich daran zu erinnern, wann dieser heimtückische Drang ihn zum ersten Mal beschlichen hatte. Es mußte schon sehr früh gewesen sein, vielleicht schon am letzten Tag der Kindheit. Aus einem belanglosen Spiel in der Dunkelheit war ein Geheimnis geworden, lockend und verheißungsvoll. Die Finsternis gebar sonderbare Wunder, machte ihn wachsam und neugierig, verwirrte seine Gedanken auf beglückende Weise und erweckte etwas in ihm zum Leben, das er zuvor nicht gekannt hatte.

Er konnte sich nicht mehr an ihren Namen erinnern, wußte aber wohl noch, daß sie etwas älter war als er. Eine zarte Behaarung begann sich in ihrem Schoß abzuzeichnen, und auch in den Achselhöhlen. Sie trug einen engen Pullover, unter dem sich ein fremdes Versprechen wölbte. Er war über alle Maßen fasziniert und ahnte, daß er, hatte er einmal von dieser verbotenen Frucht gekostet, nie mehr davon würde lassen können. Er lud sie zu sich ein und zeigte ihr seltsam geformte Steine, die er gesammelt hatte. Sie zeigte sich interessiert, doch was er wollte, war, sie zu besitzen. Er wollte Neuland betreten und sich auf diesem ansiedeln, für den Rest seines Lebens.

Diese andere Haut zu berühren, diese unentdeckten Formen zu erkunden, diesen unbekannten Geruch in sich aufzunehmen, war köstlich. Es war wie ein Rausch. Sie ließ alles geschehen, zögernd und doch bereitwillig, scheu und dabei merkwürdig erhaben. Es war ein unvergeßliches Erlebnis.

Seine Mutter war die einzige gewesen, von Anfang an, die in ihm derlei Gefühle nicht hervorzurufen vermochte. Sie war schön, aber reizlos. Charaktervoll, aber keineswegs begehrenswert. Ein Mensch, aber keine Frau. Aber all die anderen, die Tag für Tag seine Wege kreuzten, seine Blicke durchquerten, und sein Leben berührten, auf zufälligste und beiläufigste Weise, hinterließen ein Mosaik aus unauslöschlichen Eindrücken in ihm. Seine Gedanken kreisten mit der Zeit schließlich nur mehr um ein Thema. Aber die Mädchen waren störrisch und spröde, sie warfen mit zickigen Bemerkungen um sich und wippten nur gelangweilt mit ihren Pferdeschwänzen. Und da sah er keine andere Möglichkeit mehr, als sich auf andere Weise Zugang zu verschaffen zu der verbotenen Welt wollustspendender Körper.

Innerhalb einer Zeitspanne von vier Jahren füllten sich sämtliche Regale und Nischen seines privaten Reiches mit einer grellen Bilderwelt, die nur an menschenleeren Nachmittagen und lichtlosen Abenden aus ihrem Versteck hervorgeholt wurde. Ihre beste Zeit aber war die tiefe Nacht. Photographien von praller Direktheit und botschaftsloser Obszönität hafteten sich an seine Gedanken und bemäntelten seine Seele. Ganze Magazine zweidimensionalen Fleisches stapelten sich in ungeheuerlicher Zahl unter seinem Bett. Binnen kürzester Zeit hatte er sich ein Archiv zugelegt, das jeder Idee einer Ausnahme oder einer abenteuerlichen Neuigkeit trotzte. Als Sechzehnjähriger wußte er bereits, daß er alles gesehen hatte, daß es wohl auf der ganzen Welt keinen Ort mehr gab, der mit neuem Material aufwarten konnte. Dennoch gelang es ihm nur noch, sich Befriedigung zu verschaffen im Hinblick auf die nahe Zukunft und die damit verbundene Freiheit, eines der anrüchigen Kinos besuchen zu können, und später sogar eines der plüschverbrämten, rotschimmernden Etablissements.

Nach unbefriedigenden Begegnungen mit diversen unerfahrenen und deshalb unbeholfenen Mädchen lernte er zum ersten Mal eine junge Frau kennen, die anders war als die anderen. Sie war nicht schön, doch auf ungewöhnliche Weise besonders. Er war noch jung damals, und wußte dennoch schon um die Einmaligkeit dieser Beziehung. Sie war mehr als ein verheißungsvoller Unterleib. Sie war klug und überaus fähig zu intelligenter Konversation. Sie hatte einen ebenso charmanten wie abgründigen Humor. Und sie strahlte eine fast übermenschliche Wärme aus. Wenn sie einen Raum betrat, glich ihr Erscheinen jedesmal dem Entkorken einer Flasche perlenden Champagners. Er begann, sich ernsthaft in sie zu verlieben. Er wollte plötzlich mehr von ihr als nur einen bestimmten, wenn auch sehr interessanten Teil ihres Körpers. Er wollte ihr Gesicht berühren, ihr Lachen hören, ihre Stimme nahe an seinem Ohr haben. Er wollte sich mit ihr unterhalten und ihr von sich erzählen. Und er begann zu lieben.

Wäre nicht dennoch immer dieser seltsame Drang in ihm gewesen, diese Stimme aus dem Untergrund seiner suchenden, begehrenden Seele, er hätte nie aufgehört, sie anzubeten. Doch etwas in ihm war mächtiger. Zog ihn fort, lenkte seinen Blick auf andere Frauen, andere Körper. Zunächst war es allein sein Leib, der ihm nicht mehr zu gehorchen schien, später auch sein Geist. Ein dunkles, seltsames Gefühl machte sich in ihm breit, erhitzte seinen Kopf und entflammte sein Herz.

Ein unruhiger Troll saß plötzlich mitten in seinem Inneren. Er rief ihm unablässig etwas aus dem Dunkel zu, etwas, das einmal wie Versäumnis klang, ein andermal wie Freiheit.

Wo zunächst noch Entsagung war, und ein ungebrochener Wille zur Treue, da war bald nur mehr Ungeduld, fiebernde Gespanntheit und stiller Groll. Er hatte das Gefühl, seine Liebe zu diesem Geschöpf würde ihm alle Abenteuer der Welt versagen. Von morgens bis abends quälte ihn der Gedanke, noch nicht alles kennengelernt zu haben, noch nicht alle Erfahrungen gemacht zu haben, noch nicht von allen süßen Kelchen gekostet zu haben. Er wollte warten, bis das Gefühl der Liebe verschwand, wollte alle Verantwortung, die er fühlte, in die Knie zwingen und bekämpfen, doch schließlich siegte die Ungeduld.

Zuerst betrog er sie mit einer kleinen Kellnerin ohne Charisma und ohne Anmut. Durch sie bekam er das Gefühl, die Einfachheit kennengelernt zu haben, die Unscheinbarkeit, das Herkömmliche. Dann folgte er einer zerbrechlichen Asiatin bis in den Nachtclub, in dem sie tanzte. Er sprach sie an und verbrachte zwei Stunden in einem mittelklassigen Zimmer mit ihr. Sie erschien ihm unendlich exquisit, ja delikat, mit ihrer kindhaften Exotik und ihren winzigen Händen. Sie verkörperte für ihn die ideale Geliebte, die nicht forderte und auch nicht zuviel gab. Es folgte noch eine Asiatin sowie zwei ganz gewöhnliche Prostituierte, die eine sehr jung, die andere bereits am Zenit ihrer Zeit angekommen. Doch so sehr er sich auch in Abenteuer mit diesen fremden Frauen stürzte, seine Liebe zu der einen wurde deshalb nicht geringer, im Gegenteil. Doch ließ sich sein Schattendasein bald nicht länger verheimlichen, und letztlich ging sie grußlos aus seinem Leben, den kleinen Reisekoffer in der Hand, das Haar wippend, den Blick unablässig geradeaus gerichtet.

Verlassen zu werden, erschien ihm unerträglich. Dennoch war er glücklich, sie nicht mehr in seiner Nähe zu haben. Es gab noch so viel, das er noch nicht zu kennen glaubte, und die Welt war noch voller Abenteuer. Mehr als er die Frauen liebte, begehrte er sie. Was ihn vorantrieb, war der unstillbare Hunger nach dem Unbekannten. Die Welt schien ihm voller Frauen zu sein, die es alle wert waren, kennengelernt zu werden. Schönheit an sich reizte ihn kaum. Auch Charme war nicht wirklich wesentlich. Intelligenz, Humor und Herzensbildung waren von geringer Bedeutung. Die Frau an sich, ihr Körper, und die Art, wie sie sich bei der Liebe offenbarte oder auch zurücknahm, waren das, was ihn leitete wie ein tierischer Instinkt. Es war die Art und Weise, wie alle sich einander glichen, und doch im selben Moment unendlich verschieden voneinander waren. Die Möglichkeiten, sich körperlich zu vereinigen, waren ebenso begrenzt wie unerschöpflich. Jede Nacht mit einer anderen Frau war eine Variation ein und desselben Themas. Alles war vertraut, gehorchend dem Prinzip, doch etwas war immer neu oder besonders, ein kokettes Detail, eine überraschende Eigenheit. Bei der einen war es die Art, wie sie ihr Kleid auszog, wie sie aus ihren Schuhen schlüpfte, ihren Mantel über einen Stuhl warf. Bei der anderen war es die Sorte Wäsche, die sie trug. Bei der nächsten war es die Qualität ihrer Haut, der Geruch ihres Körpers und ihres Schweißes. Dann wieder war es eine bestimmte Art, die Zunge ins Spiel zu bringen, oder die Atemfrequenz zu beschleunigen. Wo die eine verhalten seufzte, stieß die andere tiefe, gurrende Laute hervor. Wo die erste von derber Ursprünglichkeit war, mit starker Körperbehaarung und herbem Geruch, da war die zweite gepflegt und seidenglatt, parfümiert und geschminkt. Er zwang keine zu bestimmten Praktiken. Nahm, was sie zu geben bereit war. Und fand so den Sinn seines Lebens jeden Tag und jede Nacht mit einem anderen weiblichen Körper.

Nie wurde er den Glauben los, doch noch in einen sicheren Hafen einzulaufen, eines Tages. Sein Treiben schien ihm nur ein erfrischendes Bad im Meer, jedoch dicht am sicheren Ufer, zu sein. Auf die eine zu warten, die ihn zur Ruhe kommen ließ, war etwas, woran er glaubte.

Unablässig lernte er neue Frauen kennen. Und immer wieder auch solche, die er lieben konnte und für die er sich ernsthaft interessierte. Aber etwas in ihm schrie noch immer Versäumnis. Der Gedanke, eines Tages sterben zu müssen, ohne je die Erfahrung gemacht zu haben, eine Negerin zu lieben, war ihm unerträglich. Der Gedanke, noch nicht alle Spielarten der asiatischen Liebeskunst am eigenen Leib erfahren zu haben, peinigten ihn. Der Gedanke, vielleicht nie wieder ein Mädchen entjungfern zu dürfen, machte ihm Angst. Der Gedanke, eines Tages zu alt geworden zu sein für die Liebe mit mehreren, höchst unterschiedlichen Damen gleichzeitig, war ihm Grauen genug, jeden Tag alles riskieren zu wollen, um das Gefühl zum Schweigen zu bringen.

Unter seinen längerfristigen Partnerinnen waren durchaus sehr reizvolle Frauen. Schöne Gespielinnen, vergleichbar den Hochglanzausziehmädchen in diversen Herrenmagazinen. Geheimnisvolle Intellektuelle mit beachtenswerten, eigenen Standpunkten und Gesetzen. Blutjunge Elfen von umwerfender Natürlichkeit und nahezu devoter Ergebenheit. Und reife Amazonen mit Stil und Format. Aber aller Geist und alle Schönheit, aller Liebreiz und aller Charme langweilten ihn auf Dauer zu Tode. Der Gedanke, daß es noch immer soviel Neues, Unentdecktes da draußen gab, trieb ihn unaufhaltsam weiter. Doch auch das Unbekannte wurde schnell vertraut, und war ein Geheimnis erst einmal ergründet, und der Stolz einer unbeugsamen Kämpferin gebrochen, dann ödete ihn das Leben aufs Neue an. Und neue Wege mußten gefunden und beschritten werden.

Er war Mitglied in zahlreichen einschlägigen Videotheken, in denen er sich regelmäßig eine beachtliche Anzahl pornographischer Filme auslieh. Auch hatte er stets mehrere kostspielige Magazine abonniert. Er masturbierte häufig und konsumierte Einschlägiges in jeder Form und in jedem erdenklichen Ausmaß. Hinzu kamen Stammbesuche in Bordellen. Er wußte, daß keine Liebe in seinem Leben jemals Bestand haben konnte. Ihn widerte es regelrecht an, geliebte Menschen zu verletzen und zu demütigen, doch es gab ein Gefühl in ihm, zwischen Gehirn und Unterleib, das stärker war als seine oft übermächtige Leidenschaft, seine Sehnsucht nach einem Lebensmenschen. Er wußte, daß ein furchtbares, krankmachendes Gift von seinem Wesen Besitz ergriffen hatte, doch sah er sich dem machtlos gegenüber. Der Wunsch nach einem ordnenden Prinzip wurde weggefegt mit leichter Hand, fortgelächelt im launischen Spiel des Flirts, verabschiedet im träumerischen Gefecht der Eroberung.

Der innere Zwang, den er in sich spürte, und den er gelegentlich nicht ohne Anflüge von Stolz als Männlichkeit zu titulieren pflegte, führte ihn schließlich dazu, Trophäen zu sammeln und akribisch Buch zu führen über sämtliche Begegnungen. Er bestellte in der Tischlerei zwei große Schränke mit Innenfächern, in denen er seine Andenken aufzubewahren gedachte. In einem Fach etwa lagerte er Slips und Strümpfe, in einem anderen Schuhe, in wieder einem anderen Locken von Haupt- und Schamhaar. Hinzu kamen einzelne Fotos und Privatgegenstände verschiedenster Natur. Im unteren Teil der Schränke hortete er Privatfilme, die er selbst von sich und etlichen Geliebten gedreht hatte, vor, während und nach dem Akt.

Der Gedanke, treu sein zu können, erschien ihm erstrebenswert, der Gedanke, treu sein zu müssen, hingegen unerträglich und gleichsam wider die Natur. Schließlich zerbrachen die Beziehungen seines Lebens immer rascher, worauf er, auf Anraten eines Männerfreundes, zum erstemal Mal Trost auf einer Urlaubsreise suchte. Damit erschloß sich ihm nun das vorletzte Stück Neuland.

In Ost- und Zentralafrika verlebte er unvergeßliche Wochen an der Seite wunderschön hochgewachsener, schwarzer Prostituierter. Sie waren sehr anders als Europäerinnen, risikofreudiger und sehr viel schlanker, auch williger und forscher. In chinesischen Geheimbordellen entdeckte er den Reiz tätowierter Frauenrücken, glattrasierter Geschlechtsorgane und knabenhafter Brüste. In Thailand begegnete ihm der Himmel auf Erden in Gestalt minderjähriger Freudenmädchen, deren bedingungslose Dankbarkeit und fast asexuelle Körperlichkeit ihn aufs Heftigste erregten.

Fern der geliebten Urlaubsorte fühlte er sich zunehmend halt- und kraftlos. Der Wunsch nach Liebesfähigkeit in ihm zehrte an seiner Substanz, macht ihn erschöpft und seltsam gleichgültig. Der einzige Reiz, der sich ihm noch bot, war, Frauen gegen ihren Willen zu lieben. Er selbst war sich nicht sicher, ob der Widerstand ihn tatsächlich reizte, oder ob er nur verzweifelt nach etwas verlangte, ohne abzuwarten, was ihm geboten werden würde. Noch immer gingen viele Frauen freiwillig mit ihm, doch immer wieder kam es vor, daß die eine oder andere zwar ihr Interesse an ihm bekundete, etwa durch aufmunternde Gesten, einladende Bewegungen, betont aufreizende Kleidung oder vertrauliche Anschmiegsamkeit. Doch dann, wenn er dem leichtfertigen Geplänkel eine gewisse Absicht beigesellte, und deutlich machte, daß ein Spiel dieser Art niemals als Spiel fortgesetzt oder gar beendet werden konnte, wurde er beizeiten recht unsanft zurückgewiesen, eine Tatsache, die ihm nicht nur fremd, sondern auch überaus unhöflich und unverständlich erschien.

Er fand die Schere schließlich unter einem Stapel verschiedener Wirtschafts- und Pornomagazine. Es war kein wohlüberlegter Entschluß seinerseits, auch kein Akt der Freiwilligkeit, den er auszuführen gedachte, sondern pure Notwendigkeit, geboren aus der tieftraurigen, ihm innewohnenden Gewißheit um die Ausweglosigkeit. Er fühlte sich mit einem Mal so müde. Müde zu lieben. Auch müde zu leben. Aber mehr als alles andere fühlte er sich müde zu kämpfen. Die entsetzliche Suche, die verzehrende Jagd sollte endlich aufhören. Das grauenvolle Gefühl, von irgendetwas Unbestimmtem getrieben zu werden, und sich nicht wehren zu können, sollte ein Ende finden. Die reine Liebe zwischen Mann und Frau, jenseits niederer Begierden und zerstörerischer Zwänge, sollte endlich stattfinden können. Die kleine Möglichkeit, in einem anderen Menschen auch einen Menschen zu sehen, wie in der Mutter, und Freude schenken zu können, sollte real gemacht werden.
Er schlüpfte aus seinem Bademantel und ließ ihn zu Boden gleiten. Nackt stand er im dunklen Zimmer, noch ein letztes Mal das Pochen und Hämmern und Zehren spürend. Sein Blick war starr auf das Telefon gerichtet, als er den Hörer abnahm und die Nummer des nächsten Krankenhauses mit größter Ruhe und Bedächtigkeit wählte. Dann sprach er mit unendlich ruhiger Stimme in die Muschel: Kommen Sie bitte mit einem Krankenwagen auf dem schnellsten Wege in die Goethestraße Nummer achtundsechzig, siebenter Stock, Tür sechzehn. Ein Mann hat sich dort soeben seine Testikel abgeschnitten und ist am Verbluten.

IDA GEGEN DEN REST DER WELT

Ida schenkte Bier nach. Ohne Schaum, wie in England, wo sie auch einmal ein Stück Leben zugebracht hatte. Ida war viel herumgekommen, früher einmal, aber irgendwann war es an der Zeit, seßhaft zu werden. So viele Jahre versoffen und vertan, und dann, irgendwo in der Mitte der Einschnitt. Etwas Sinnvolles tun. Irgendwo bleiben. Also eine Kneipe aufmachen. Denn ohne gute Musik und lange Nächte gab es kein Leben für eine wie Ida. Und so eine Nacht voller Musik war auch diese eine, die Idas Leben ganz gewaltig auf den Kopf stellte, – sofern das noch möglich war.

'Sweet Hitchhiker' hieß die Kneipe, die irgendwo im trostlosen Sumpf der ziemlich kleinen Stadt vor sich hindämmerte, und in deren Innerem der Blues zuhause war, aber nicht nur der, sondern auch eine Menge erdiger Rock'n' Roll, und ein Gefühl des grundehrlichen Angewidertseins vom Rest der Schöpfung, von all den sauberen Abziehbildern der Gesellschaft, die um das Lokal herum ihre Einfamilienhäuser aus dem Boden sprießen ließ, und die Kinder auf höhere Schulen schickten, und sich standesgemäß und komplimenteheischend kleidete, und allzeit bangte um den guten Ruf.

Wie ein Stachel steckten Ida und ihr Lokal im Fleisch der bürgerlichen Gleichförmigkeit. Aber irgendwo mußte der Abschaum schließlich auch hin, also ließ man diese Schande eben gewähren.

An jenem Abend waren nur ein paar Gäste im Lokal. Der stets stockbesoffene Toni, von dem keiner wußte, woher er das Geld zum Saufen nahm. Ein unbekannter Jeanstyp, der mit seinem Motorrad protzen wollte. Ein Mädchen mit violettgesträhnten Haaren. Und die übliche Sechserrunde, bestehend aus Typen, die ihren Frust nirgendwo loswerden konnten, außer bei Ida. Die sich freitranken von allem Übel und unliebsamen Ballast, die ihre Mähnen in den Rauchschwaden umherwarfen, wieder und wieder die Hardrock-Jukebox quälten, um ihr ein paar kratzbürstige Songs zu entlocken. Und die Ida – wie immer – so ziemlich alles erzählten, was sie loswerden wollten. Krach mit den Alten. Streß in der Arbeit. Horror vor der Schule. Ärger mit der Freundin. Null Bock auf ganze Leben und so weiter, und so fort.

Und Ida war eine, die zuhören konnte. Ihre siebenfach perforierten Ohren nahmen alles auf, was ihnen anvertraut wurde. Ohne zu werten. Nie rümpfte sie ihre Nase über etwas, das ihr erzählt wurde, und das nicht, weil ihr linker Nasenflügel durchstochen und mit einem kleinen Brillanten versehen war.

Alle mochten Ida. Alle jedenfalls, die zu ihr kamen. Hatte einer kein Geld, schrieb sie schon mal für ihn an, oder gab einen aus. Brauchte einer Stoff oder sonst was, versuchte sie schon mal, welchen aufzutreiben, – sofern es sich nicht um harte Sachen handelte. Schaute mal eine kleine Nutte vorbei, und zwar eine, die es für einen zweistelligen Betrag gleich auf der Toilette tat, durfte auch die bleiben, und wenn's nötig war, auch mal bei Ida übernachten. Ida hatte ein großes, schwarzes Herz, das in einem noch größeren Busen schlug.

Als irgendwann nach Mitternacht alle weg waren, alles leergetrunken war, wollte Ida schlafen gehen. Sie hatte die rote Leoparden-Stretchhose schon ausgezogen, ihre platinblonden Streichholzhaare mit dem orangegefärbten

Schopf, der ihr tief in die Stirn fiel, bereits gewaschen, ihre Teilprothese herausgenommen und ins Glas gelegt, ihre Blinddarmnarbe gereinigt, und ihre Fußnägel von pinkfarbenen Lackspuren befreit, als sie im Hof ein Geräusch hörte. So eine Art Scheppern. Bei den Mülltonnen vielleicht. Ida warf sich den Morgenrock mit der schwarzen Spitze über und lief nach unten. Aber da war nichts. Nicht die Spur von einem Menschen. Nicht mal eine kleine Ratte.

Als sie kehrtmachte, stand da plötzlich einer am Eingang. Ein Zwerg oder was, dachte Ida, weil er so klein war. Aber bei näherem Hinsehen war es dann doch kein Zwerg, sondern ein Kind, ein Junge. Er trug nur einen Pyjama, mit Micky und Donald auf dem Oberteil.

„Wer bist du denn?“ fragte Ida und zog den kleinen Wicht ins dunkle Haus, um wieder abzusperren.

„Darf ich hierbleiben?“ fragte das Kind.

„Kannst du nicht antworten!“ sagte Ida schroff und ging hinauf in die Wohnung. Der Kleine ging ihr nach.

„Na gut, komm rein. Was willst du?“ sagte Ida dann und schloß die Wohnungstür ab. Er sagte nichts, stand bloß im Dunkeln. Ida machte Licht. Er hatte sehr blondes Haar. Mit energischem Griff hob sie sein Kinn an und sah, daß er übel zugerichtet war. Blut floß aus seiner Nase, das rechte Auge war völlig zugeschwollen und blauviolett verfärbt, die Wangen flammten rot und glühend heiß, mit einer Spur von Tränen, die Unterlippe klaffte aufgeplatzt.

„Ach du Scheiße!“ sagte Ida und zündete sich eine Zigarette an. „Sebastian heiße ich,“ sagte der Kleine.

„Bist du unter ein Auto gekommen oder was?“ fragte Ida.

„Mein Vater,“ kam die Antwort.
„Na, das sind ja Erziehungsmethoden,“ brummte Ida. „Du muß ja was Furchtbares ausgefressen haben. Erzähl schon! Was war's? Hast du geklaut? Oder schlechte Noten abbekommen? Ein Fenster eingeschlagen vielleicht? Oder eine Katze mit Steinen beworfen? Was war's denn?“
Er schüttelte den Kopf. Dann zog er mit einem Ruck das Pyjama-Oberteil aus und drehte ihr den Rücken zu. Alles voller Striemen. Fransige, zackige Wundränder. Wie von einem Gürtel oder irgend etwas Spitzem, Hartem. Alles ziemlich frisch.
„Donnerwetter, hast du einen umgebracht?“ fragte Ida jetzt, aber der Knirps begann zu weinen.
„Es ist wegen allem,“ sagte der Junge dann. „Wegen allem. Weil ich eine Jeansjacke möchte, die mit Nieten besetzt ist. Und einen Plattenspieler. Und Poster aufhängen. Und weil ich geraucht habe. Und weil ich gesagt habe, daß ich alles erzählen werde, alles. Daß ich mich unten nicht mehr anfassen lassen mag. Und daß es auch weh tut.“
„Wer will dich anfassen? – Dein Vater etwa?“
Er nickte.
„Arschloch,“ sagte Ida und fragte dann: „Wie alt bist du denn?“
„Gestern Zwölf geworden.“
„Na, du bist vielleicht ein armer Knirps. Kannst hier bleiben, heute,“ sagte Ida, „aber morgen gehen wir zu deinem Vater. Das kann der doch nicht machen! Das muß vielleicht ein Schwein scin! So'n Kind. Noch dazu das eigene.“
„Er ist mein Stiefvater,“ sagte Sebastian und hörte auf zu flennen.

Am nächsten Vormittag hing das Schild ‘Geschlossen’ an der Lokaltür. Ida saß mit Sebastian beim Frühstück. Es gab Schokoladenkekse und Espresso. Sebastian wollte auf keinen Fall zurück. Er wurde noch ein wenig kleiner als ohnehin schon, wenn er das Wort ‘Vater’ aussprach. Die Wunden hatte Ida ein bißchen verarztet. Sebastian sagte, daß er für immer bei ihr bleiben wolle.
„Das geht nicht!“ sagte Ida darauf. „Dann komme ich ins Gefängnis. Außerdem bin ich viel zu alt für sowas.“ Ida war Dreiundsechzig.
Der Junge flehte sie an, bettelte und wimmerte. Und da konnte Ida nicht anders. Sie mußte ihn fürs erste einfach bei sich wohnen lassen. Niemand würde auf den Gedanken kommen, daß der Junge bei ihr war.
„Woher kennst du Bengel mich überhaupt?“ fragte sie ihn dann.
„Von den großen Jungen auf dem Schulhof. Die reden manchmal von dir. Daß du ihnen ab und zu Geld borgst, und daß sie bei dir auch schon mal gratis was zu trinken bekommen haben, und sogar bei dir schlafen dürfen, wenn’s sein muß, und was zum Rauchen kriegen. Und daß du ihnen manchmal solche Hefte mitbringst, die ich nicht anschauen darf, weil da drin alle ohne Kleider fotografiert sind. Aber ich hab’ schon mal eins gesehen.“ Jetzt lächelte er fast.
Ida überlegte, ob sie den Stiefvater anzeigen sollte. Fragte Sebastian erst ein bißchen aus. So behutsam es ging.
„Was hat der Vater mit dir gemacht? Außer, daß er dich halbtot geschlagen hat?“
Kleinlaut und sehr leise kam dann so Einiges hervor. Gebadet habe er ihn mehrmals, obwohl Sebastian das

nicht wollte, und sich schämte. Und zu ihm in die Wanne gestiegen sei er auch, und angefaßt habe er ihn überall, und sich selbst dabei auch. Und nachts sei er zu ihm ins Bett gekrochen, und Sebastian habe seine Pyjamahose herunterziehen müssen, und herumgespielt habe der Vater dann so irgendwie. Und in der letzten Nacht, da habe er Sebastian auf den Bauch gedreht und sich auf ihn draufgelegt, mit seinem schweren, haarigen Körper. Und die Hose habe er ein Stück herunterziehen müssen, und dann habe es schon ganz fürchterlich weh getan, ganz grauenhaft und lange. Und hinterher, als der Vater weg war, da habe er die Pyjamahose wechseln müssen, so blutig sei sie gewesen an der Rückseite.

In Idas Krähenfüßen um ihre Augen verteilten sich kleine Salzbäche, Tränenrinnsale. Und sie spie alle Flüche, die ihr in den Sinn kamen, in den stillen Flur hinaus, alle, alle. Die gemeinsten. Die zornigsten. Die obszönsten.

Am frühen Abend kam dann die Vermißtenmeldung im Radio. Ida kriegte ein flaues Gefühl im Magen und sagte dauernd ‘Scheiße’.

Etwa drei Tage lang quälte sie dieses Radio, und schließlich kam noch die Tageszeitung hinzu, mit dem Foto von Sebastian, der Personenbeschreibung, der Bitte um ‘sachdienliche Hinweise’.

Für Ida waren es häßliche Tage, für Sebastian aber waren sie wunderschön. Denn Ida brachte ihm eine nietenbesetzte Jeansjacke mit, und sie färbte ihm mit Faschingshaarfarbe einen winzigen, roten Schopf in seine blonden Locken. Außerdem mußte er nicht zur Schule gehen und durfte in Idas Wohnung Musik hören, soviel er wollte, vom Plattenspieler, während Ida im Lokal die Gäste bediente. Niemandem fiel auf, daß Ida ab und zu nach

oben ging. Und wegen des einen, geschlossenen Tages regte sich auch keiner mehr auf.
Und dann stand plötzlich Polizei vor der Tür. Ida wimmelte die beiden Uniformierten barsch ab und freute sich. Aber sie kamen wieder, und diesmal hatten sie einen Durchsuchungsbefehl dabei.
Sebastian schrie und kreischte wie ein Baby, als der Beamte ihn aus dem Haus trug. Dann wollten sie Ida mitnehmen, aber die war nicht mehr da. Ida war bereits auf der Polizeiwache und gab zu Protokoll, daß das alles eine grenzenlose Schweinerei sei, was da mit dem Jungen passiert wäre, und daß man so ein Kind doch nicht wieder in diese blutige Perversion zurückschicken könne, und daß sie wirklich nichts gehört hätte im Radio, und daß sie auch gar nicht gewußt habe, wer der Junge genau war, und daß sie sich erkundigen wollte über alles, und einfach helfen, nur helfen.
Der Beamte meinte, er werde das alles genau überprüfen lassen. Und wäre auch nur ein Funken davon erlogen, müsse Ida hinter Gitter. Und eine Strafe bekäme sie sowieso.
Am nächsten Tag stand der Junge wieder vor Idas Tür.
„Sie haben mir geglaubt, daß alles wahr ist, denke ich. Weil sie doch meinen Rücken gesehen haben. Aber der Vater, der streitet alles ab. Vor allem, daß er mich geschlagen hat, weil ich alles erzählen wollte. Weil nichts zu erzählen ist, wie er sagt. Und jetzt ist so eine Frau bei uns, von so einem Jugendamt, und die hat was von einem Sorgerecht gesagt, und daß sie mich vielleicht zu meinem richtigen Vater zurückschicken jetzt. Aber den kenne ich gar nicht richtig, den habe ich erst einmal gesehen, und überhaupt möchte ich viel lieber bei dir bleiben."

Ida nahm einen dreifachen Jack Daniels und fluchte ein bißchen. Also kein Gefängnis. Aber dafür den Jungen in seinem Unglück lassen, ihn seinem Schicksal ausliefern? Nein. Nicht mit Ida! Nicht mit ihr! Deshalb sofort zum Jugendamt.

Die dort wollten erst mal gar nichts von Ida wissen. Was sie überhaupt hier wolle, wurde sie gefragt, wer sie denn sei, und wie sie sich das eigentlich vorstelle. Sie könne ja nicht so aus heiterem Himmel ein fremdes Kind adoptieren wollen. So mir nichts, dir nichts ein Kind herausreißen aus einem sozialen Gefüge, einer richtigen Familie. Sie biete ja keinerlei Sicherheit. Zu alt sei sie überdies sowieso schon, und auch gar nicht verwandt. Und auf keinen Fall sei eine wie sie eine Vertrauensperson. So verkommen in gewisser Hinsicht, und noch dazu Besitzerin des zwielichtigsten Lokals weit und breit. Und so überdreht und ausgeflippt, und nicht einmal verheiratet, und sowieso, und überhaupt.

Im Endeffekt lief es darauf hinaus, daß Ida auf den Jungen auch einen regelrecht schlechten Einfluß ausgeübt haben mußte. Daß sie ihn womöglich schon länger gekannt und sogar aufgehetzt habe, und verdorben, mit ihrem schlechten Charakter und ihrem miesen Lokal, in dem sie allerlei verkommene Subjekte beherbergte, wie man sich erzählte.

Dann gab es sogar noch eine Unterschriftenaktion gegen Ida und ihr Lokal. Und irgendwie auch gegen ihre Existenz in dieser Stadt überhaupt. Endlich waren alle stark. Endlich konnte die Hetzjagd offiziell gemacht werden. Und auf einmal hatten alle denselben Dorn im Auge. Und plötzlich schmerzte dieser jeden gleichermaßen. Und endlich gab es haufenweise gute Gründe.

Schließlich weigerte sich Sebastians richtiger Vater auch noch, das Sorgerecht zu übernehmen, denn der hatte selbst inzwischen vier Kinder mit einer anderen Frau, wie Ida herausbekam. Und der Junge hing wieder in der Luft. Man wußte nun nicht so recht, was man mit ihm machen sollte. Und am Ende war ja doch alles gar nicht wahr. Ein Kind konnte sich ja viel einbilden. Und daß der Vater einmal zugeschlagen hat, heißt ja nicht gleich, daß Prügel an der Tagesordnung sein müssen. Und irgendwie verdächtigten auf einmal alle Ida als eine Art Kidnapperin.

Da hing plötzlich wieder das Schild 'Geschlossen' vor dem Lokal, und Ida holte Sebastian von der Schule ab und fuhr mit ihm weg. Einfach weg. Raus aus der Stadt. Das war jetzt zwar wirklich sowas wie Kidnapping, und darauf standen, wie Ida wußte, auch ganz schön hohe Strafen, aber das war ihr egal. Das Kind, so fand sie, hatte ein besseres Leben verdient, und besser als bei diesem Stiefvater war es irgendwo anders allemal. Und überhaupt würde früher oder später sowieso die ganze Sache ihr allein in die Schuhe geschoben werden. Was machte das jetzt also noch aus?

Ida hatte nie Kinder. Warum, wußte sie nicht. Ging sich eben nie aus. Und Sebastian durfte bei ihr jetzt erst mal so gut wie alles tun, wozu er Lust hatte. Eis essen, und Pommes. Cola trinken. Ab und zu an Idas Zigarette ziehen. Es konnte nicht so schädlich sein. Ida hatte schließlich mit Neun zu rauchen begonnen und lebte auch noch immer. Und Sebastian war richtig glücklich. Und Ida irgendwie auch.

Da der Junge Nieten so gern mochte, kaufte sie ihm unterwegs ein Armband, das mit welchen besetzt war.

Und auch ein Paar Cowboystiefel. Die hatte er sich schon lange gewünscht.

Als sie schon ein gutes Stück gefahren waren, hörte Ida im Autoradio, daß die Polizei bereits nach ihnen fahndete. Der Plan drohte schiefzulaufen. Ida bekam plötzlich Angst, und irgendwie auch Zweifel, ob das wirklich auch so funktionieren würde, mit Sebastian und ihr. Und sie drehte um und fuhr über einen Umweg wieder zurück, während sie sich fest vornahm, sich etwas anderes einfallen zu lassen.

Sie setzte Sebastian vor dem Schultor ab und fuhr zu einem ihrer Stammgäste, dem sie alles erzählte, und bei dem sie sich fürs erste einmal verstecken konnte. Von dort verfolgte sie alles weitere mit brennendem Interesse und einer – ihr bis dahin unbekannten – Sorge.

Der Junge mußte nun doch, wie es aussah, bis auf weiteres bei seinem Stiefvater bleiben, und natürlich bei seiner Mutter, die aber ohnehin keine Meinung hatte und eben irgendwie alles geschehen ließ. Die Eltern hatten einfach die besseren Argumente gehabt, und auch die triftigeren Gründe.

Ida taten ihre Gäste ein bißchen leid, da diese ja nun kein Stammlokal mehr hatten. Und irgendwie leuchtete es ihr auch ein, daß sie so bald nicht mehr das würde sein können, was sie immer am liebsten war, nämlich Kneipenwirtin.

Durch Zufall erfuhr Ida schließlich auch, daß Sebastian im Krankenhaus lag. Angeblich nach einem Sturz mit dem Fahrrad. Aber Ida wußte genau, daß es sich nur um etwas anderes handeln konnte. Um die verdiente Strafe für ein verlogenes Kind zum Beispiel.

Sie lieh sich eine Perücke und besuchte ihn in seinem ach so weißen Zimmer.

„Es war wieder dein Vater, was?"

Sebastian nickte.

„Ich komme wieder," versprach Ida ihm.

„Hilfst du mir?" fragte er sie.

„Ja," sagte Ida.

Sie rief gleich ihren alten Freund an, der auch immer wieder einmal ein bißchen dealte, und sie sagte zu ihm: "Kannst du mir was besorgen? Ich brauche was. Diesmal etwas Härteres."

Ida raste ins Krankenhaus. Diesmal ohne Perücke. Wie eine Irre rannte sie den langen Gang entlang, immer auf der Hut vor einer neugierigen Schwester. Unbemerkt schlich sie in Sebastians Zimmer.

„Ich habe dich gern," sagte er zu ihr. „Du bist meine Mutter für mich. Aber sie wollen mich behalten, unbedingt. Ich glaube, ich komme da nie raus. Und gestern hat er mir wieder weh getan. Und er hat gesagt, daß er mich immer mehr schlagen wird, wenn ich versuche, es jemandem zu erzählen. Und allen sagt er, ich hätte so eine lebhafte Phantasie. – Du mußt mir helfen, Ida! Sonst bringt er mich noch um."

Ida nahm die Injektionsnadel aus ihrer Handtasche und sprach dabei, etwas leiser als sonst: „Gib mir deinen Arm. Es wird dir helfen und guttun. Er wird dir nichts mehr tun, dein Vater, ich verspreche es dir. Er wird dir nie mehr weh tun, Sebastian, nie mehr!"

Ida spritzte ihm eine vierfache Dosis reines Heroin. Er fragte sie noch, wie sie ihm bloß helfen wolle. Und dann begann er, stark zu schwitzen, der Schweiß brach ihm

aus am ganzen Körper. Er redete plötzlich viel, und nicht alles, was er sagte, ergab noch einen Sinn.
Ida war überrascht, wie schnell dann alles ging. Wie ruhig er wurde. Eine Schwester kam ins Zimmer, und Ida stand auf, ließ seine Hand los und ging schweigend an der Schwester vorbei, die lange sprachlos dastand, ehe sie reagierte.
Noch vom Krankenhaustelefon rief sie die Polizei an. Sie ließ sich widerstandslos festnehmen. Ida wurde nach einer mehrmonatigen Untersuchungshaft zu einer lebenslänglichen Freiheitsstrafe verurteilt.
Das Lokal 'Sweet Hitchhiker' gibt es nicht mehr.

MEIN AFRIKA

Es war, als ich die Wäsche einräumte. Ich summte so vor mich hin, in einer sonderbaren Stimmung, einer Mischung aus Unruhe und Tatendrang, aus Lustlosigkeit und Übermut. Plötzlich klingelte es an der Wohnungstür. Ein Neger stand davor, als ich öffnete. Es war ein sehr junger Neger, kohlrabenschwarz, groß und schmal. „Schöne Bilder aus meiner Heimat, aus Afrika“, sagte er, und hielt mir ein paar Zeichnungen und Farbdrucke unter die Nase. Was soll denn das?, schoß es mir durch den Kopf, gibt es denn wieder Hausierer?
„Nein“, sagte ich, und schüttelte heftig den Kopf, „wir haben schon alles, was wir brauchen.“
„Aber schöne Bilder“, fing der Neger wieder an, „zu günstigen Preisen. Bilder aus meiner Heimat.“
Von wegen Heimat, dachte ich, der will mich doch nur bescheißen. Das sieht ja ein Blinder, daß diese Dinger billige Kopien sind, maschinelle Abzüge, nicht handgemalt, und schon gar nicht aus Afrika.
Der Neger sah mich beschwörend an. „Wir brauchen keine Bilder!“ sagte ich, und schlug ihm die Tür vor der Nase zu. Irgendwie war er mir unheimlich, dieser schwarze Mann da draußen, mit seiner flehenden Stimme und seinem dunklen Gesicht, aus dem man nicht wie bei uns Weißen jede Gefühlsreaktion so einfach ablesen konnte.
Ich ging zurück zu meiner Wäsche und machte dort weiter, wo ich zuvor aufgehört hatte, ja unangenehm unterbrochen worden war. Aber irgendwie ging er mir nicht aus dem Kopf, dieser Neger.

Eines der Bilder hatte ich noch genau vor Augen. Es war nicht besonders groß, vielleicht im Format einer DIN-A-4-Seite. Auf dem Bild waren Palmen, hoch und unnatürlich grün, vor dem Hintergrund eines strahlend blauen Himmels. Es erinnerte mich ein wenig an ein Buch aus meiner Kindheit, das ich sehr geliebt habe. Es war die Geschichte von 'Kleinen Muck' und seinen Reisen in fremde Länder und ferne Kontinente. Das Buch war hübsch illustriert, in der Art der Bilder, die der Neger mir verkaufen wollte.

Als ich vor dem Schrank mit der Tisch- und Bettwäsche stand, sah ich immer noch diesen kitschigen Druck vor mir, mit dem Flußlauf in der Mitte, den Elefanten, weit hinten am Horizont als kleine, graue Silhouetten erkennbar, mit den Rüsseln nach oben. Elefanten bringen Glück, hat mir einmal jemand gesagt, aber nur, wenn der Rüssel nach oben zeigt. Was für ein Klischee!, dachte ich, die Elefanten, die Palmen, der schwarze, nackte Mann auf seinem Floß, der blaue Himmel, die bunten Papageien in den blühenden Büschen – das ist doch nicht Afrika! Eher ein Märchen.

„Schöne Bilder aus meiner Heimat", hatte er gesagt. Ich hätte ihn vielleicht doch hereinbitten sollen, dachte ich dann. Ich hätte ja nichts kaufen müssen. Hätte ihm Kaffee anbieten können. Trinken Neger denn Kaffee? Ich wußte es nicht. Eigentlich wußte ich gar nichts über Neger. Das wäre doch nun eine Gelegenheit gewesen, etwas über sie zu erfahren. Oder wenigstens über einen von ihnen. Aber vielleicht hätte er mich ja niedergeschlagen und beraubt, am Ende gar vergewaltigt. Man wußte ja nicht, was so alles vorging hinter so einer schwarzen Stirn, hinter so finsteren Augen. Vielleicht war er ja doch ein mieser Gauner, der ahnungslosen Hausfrauen etwas aufschwatzen wollte, und der ihnen dann, während sie ihre Geldbörse holen gingen, die halbe Wohnung ausräumte. Man kann schließlich nie wissen. Ausgesehen hatte er jedenfalls nicht so.

Ich hätte ihm Geld geben sollen, dachte ich dann. Ohne eines dieser kitschigen Bilder zu kaufen. Einfach so. Hätte ich ihn hereingebeten, würde ich schon wissen, wofür er das Geld brauchte. Am Ende war er ein harmloser Student, und Studenten brauchten immer Geld, das wußte ich von meinen Söhnen. Irgendwie war es ja ein langweiliger Vormittag, und ein wenig Abwechslung hätte mir gut getan. Das wäre einmal etwas ganz anderes gewesen. Ein Neger in unserer Wohnung. Ein richtiger Neger. Einer, der mir vielleicht von seiner Heimat erzählt hätte, und dem auch ich mein Herz hätte ausschütten können. Ehrlich konnte man ja eigentlich nur bei völlig Fremden sein. Wer weiß, vielleicht hätten wir uns gut verstanden. Wären uns am Ende gar ein wenig näher gekommen. Hätten geflirtet. Er sah ja nicht schlecht aus, für einen Neger. Und Neger sollen ja sehr potent sein, heißt es immer. Vielleicht wäre er mein Liebhaber geworden. Sie hat einen Schwarzen, hätten die Nachbarn sich dann zugeraunt. Und beneidet hätten sie mich am Ende. Hausfrauen erleben ja selten Abenteuer.

Erschrocken stand ich still, als ich mich bei diesen Gedanken ertappte. Was fiel mir denn da ein? Ich, die treusorgende Gattin, die gute Mutter, die brave Hausfrau! Ich mit einem Neger! Hatte ich mein Leben lang etwas versäumt, von dem ich nichts wußte, und sollte ein dahergelaufener, wildfremder Schwarzer es auf einmal zum Vorschein gebracht haben?

Als ich die Wäsche verstaut hatte, ging ich in die Küche und begann, das Mittagessen zu kochen. Den Neger nahm ich im Geiste mit in die Küche. Ich ertappte mich sogar dabei, wie ich, erst nur in Gedanken, bald aber schon halblaut mit ihm plauderte. Zum ersten Mal lachte ich beim Zwiebelschneiden, anstatt wie sonst zu weinen. Ich stellte mir vor, der Neger säße am Küchentisch, hätte seine Bilder darauf ausgebreitet, hätte meinen Kaffee vor sich stehen, und würde mir alles mögliche erzählen. Während ich Gemüse zerkleinerte, schielte ich immer wieder verstohlen zu dem Platz, an dem ich den Neger im Geiste sitzen sah. Ich lächelte kokett, bewegte mich verführerisch, fühlte mich sexy unterm Schürzenkleid, und hörte zu, wie ich mir selbst Geschichten erzählte. Geschichten aus Afrika. Der Neger in meinem Kopf sprach von seinem Vater, einem echten Massai, von einer schönen, asphalthäutigen Mutter, von seiner großen, nachtschwarzen Familie. Erzählte mir, daß er Geld für seine kranken Geschwister brauchen würde. Erschüttert erkundigte ich mich nach ihnen. Ich nahm ein Gewürz aus der Lade und fragte meinen Neger, ob es das auch in Afrika gäbe. Er glaubte, ja. Dann zeigte ich voller Stolz auf meine Amaryllis am Fenster, die über Nacht aufgeblüht war. Die stamme womöglich aus Afrika, sagte ich dem Neger. Er war sich nicht sicher, dachte aber schon. Nun hatten wir vielleicht schon etwas gemeinsam.

Immer mehr bereute ich, daß ich den Neger so barsch abgewimmelt hatte. Dabei hatte ich plötzlich so große Lust auf eine Unterhaltung mit ihm. Und so gern hätte ich ihm doch etwas gegeben, irgendwas. Schließlich sind wir nicht bettelarm. Es wäre eine gute Tat gewesen. Vielleicht wären wir Freunde geworden. Und er hätte wieder einmal vorbeigeschaut, auf einen Kaffee oder sonst etwas, das Neger eben trinken.

Während des ganzen Kochens plauderte ich vor mich hin, bedankte mich für Komplimente, die ich mir selbst machte, philosophierte über das Rassenproblem in Südafrika und in Europa ganz allgemein, erzählte von meinem Schwager, der vor ein paar Jahren eine Safari gemacht hatte, in Kenia, empörte mich über das sinnlose Abknallen von Elefanten und anderem schützenswerten Großwild, und erfand tausend Dinge, die ich dem Neger, der doch gar nicht da war, in den schwarzen Mund legte. Von bitterer Armut redete ich, von Dürreperioden und Hungersnöten, von Ungerechtigkeit und Bürgerkrieg, von Seuchen und Viren, und von allem, das ich einmal gelesen oder gehört hatte.

Dann aber berichtete ich von der geheimnisvollen Schönheit des Schwarzen Kontinents, von seinen undurchdringlichen, smaragdgrünen Regenwäldern, in denen farbenprächtige Blumen an langen Rispen und auf hohen Stielen im tropischen Dunst ihre wollüstigen, fleischigen Blüten auftaten, zwischen feuchtschimmerndem Blattwerk, von weiblich-anmutigen Orchideen und herrisch aufragenden Philodendren, von Farnen und Flechten, von übermütigen Affen und lautlosen Schlangen, von sandigen Steppen und hitzeflirrenden Savannen, von störrischem, gelbem Gras und verwunschenen Flußlandschaften, von exotischen Kulturen und brodelnden Metropolen. Ich war berauscht von meinen eigenen Geschichten, und war doch nie in Afrika gewesen.

Als mein Mann von der Arbeit heimkam, hörte er mich schon, als er in der Diele seinen Mantel ablegte. „...und die prachtvollen Paradiesvögel!" hörte er mich gerade sagen.

„Was soll denn das heißen, Paradiesvögel? Was redest du da? Träumst du jetzt schon am hellichten Tage?" riß er mich unsanft aus meinem Phantasiesparziergang. Meine unsichtbaren Flügel fielen zu Boden, der wieder aus reiner Realität bestand.

Beim Essen hatte ich ein komisches Gefühl, als mein Sohn genau dort saß, wo ich mir zuvor den Neger hingedacht hatte.

„Da war so ein Neger an der Tür", erwähnte ich beiläufig.

„Was wollte er denn?" wurde ich gefragt.

„Bilder verkaufen".

„Alles Gauner", bekam ich zu hören.

„Dieser nicht!" verteidigte ich meinen Neger.

„Woher willst du das wissen?" fragte man zurück.

Ich sagte nichts. Ich wußte es eben.

Nie habe ich mir verzeihen können, daß ich dem Neger damals so lieblos begegnet bin. Ich tröstete mich dann mit der Hoffnung, er würde eines Tages wiederkommen. Das ist nie geschehen. Aber immer wieder in letzter Zeit kommt es vor, daß es an der Tür klingelt, und ein Neger davorsteht. Nicht jeder verkauft Bilder. Manche bieten Schmuck an, oder bemalte Steine, oder Handarbeiten aus Holz, Bast oder Ton, manchmal auch schöne Schnitzereien. Ich kaufe immer etwas. Dem einen kaufe ich ein Bild ab, dem anderen einen kleinen Holzelefanten, mit dem Rüssel nach oben. Dann erstehe ich wieder eine flache Schale aus glasiertem Ton, oder einen kleinen Wandbehang mit aufgestickten Kriegern.

Im Prinzip ist es mir egal, was die Neger mir andrehen wollen. Ob sie ehrlich sind, oder bloß Gauner. Sie freuen sich, wenn ich etwas kaufe, und manchmal sind die ganz überrascht, daß ich schon mein Portemonnaie hole, noch ehe ich etwas ausgesucht habe. Das sind sie nicht gewöhnt. Sie wissen nicht, daß ich da ein kleines Geheimnis habe, eine ziemlich oft belächelte Spinnerei. Ich sammle diese Dinge, die afrikanische Hausierer feilbieten. Über meinem Toilettetisch im Schlafzimmer habe ich mir meinen ganz persönlichen Flecken Exotik arrangiert. An der Wand hängen dort bereits fünf Bilder mit afrikanischen Landschaften, eines kitschiger als das andere, mit Tieren, Palmen und Flußläufen drauf. Daneben habe ich ein Regal montiert, auf dem zwei glasierte Steine plaziert sind, ein geschnitzter Elefant, ein Jadeaschenbecher, eine Massai-Kette aus Kork und Holzstückchen, eine Lederkette mit einem gepreßten Bastamulett und eine äthiopische Kriegerfigur aus Bronzeimitat. Ich liebe diesen Winkel im Schlafzimmer, er ist mir inzwischen der liebste Platz in der ganzen Wohnung. Ich nenne ihn ‘mein Afrika’. Und meine Sammlung wächst immer noch. Aber ich habe nie aufgehört, auf diesen einen, ersten Neger zu warten. Aber er war nie dabei. Darum habe ich es mir bis heute aufgespart, das Hereinbitten und Kaffeeanbieten. Das wollte ich mir immer aufheben, für meinen ersten Neger. Damit ich ihm meine Sammlung zeigen kann, ‘mein Afrika’. Und sie um ein Stück reicher machen kann. Diesmal ganz bestimmt.

HERBSTKATZEN

Sie saßen auf der Holzbank vor dem Haus, auf der Sonnseite. Die Ältere und die Jüngere. Die Alte und ihr altes Kind. Die Struppigkeit der Alten, ihre verkniffenen, langsam erblindenden, grünspanigen Augen, ihr hervorstehender Bauch am mageren Körper, ihre trägen Glieder und die Mattheit, die sie umgab, beschienen schwache Strahlen einer auskühlenden Sonne, die durch die schütteren Kronen unfruchtbarer Mostbirnbäume fielen. Manchmal verließ die Jüngere in träger Bedächtigkeit die Bank und schritt gleichmütig durch den alten Garten, roch an welkenden Kräutern, streifte an dornigen Hecken entlang, hielt Rast zwischen aufgeschossenen Salatstauden. Wenn sie den Kopf anhob, ließ sie das grelle Tageslicht blinzeln. Wenn Leute am Zaun vorüberkamen, hielten sie kurz inne, spähten in verhaltener Neugierde über die kantig zugespitzten Latten und nahmen mit beiläufigem Erstaunen die beiden Statuen gleichenden Gestalten an der Hausmauer zur Kenntnis. Wandte eine der beiden ihnen ihr Gesicht zu, gingen sie rasch weiter, mit dem dumpfen Wunsch, das Gesehene so schnell wie möglich wieder zu vergessen.
Wenn die Alte ins Haus ging, mit müdem Schritt, folgte die Jüngere ihr. Es war ein Ding der Selbstverständlichkeit, der Mutter nicht von der Seite zu weichen. Und das vor allem jetzt, wo die Alte unter der Last ihrer Jahre jeden Augenblick zusammenzubrechen drohte. Die Starre ihrer Gliedmaßen, die Mattheit ihres zerschundenen Leibes und sein Verweigern jeder intakten Funktion machten sie hilflos und unsicher.

Was die Alte mit der Jüngeren verband, war das gemeinsam Geschaute, das in stiller Eintracht Verschwiegene, das Seite an Seite erfahrene, stumme Entsetzen über eine Unaussprechlichkeit.

Damals, als die Alte schon ihrem nahenden Siechtum anheimzufallen drohte, und die Jüngere noch mit größter Distanz und selbstzufriedenem Abstand den Verfall vor ihren Augen wahrnahm, und dabei selbst noch mit erbitterter Hartnäckigkeit an einen Aufbruch und an sonnigere Tage glaubte, war das Ausmaß dieser grausigen Begebenheit noch nicht abzusehen gewesen. Damals, als sie schließlich hintereinander die schmale Leiter erklommen, die hinaufführte in die Dachkammer, und ihn dort sahen, mit herausgereckter Zunge, schlaff herabbaumelnd von einem alten Wagenstrick, schloß ein unbestimmter Raum sich um sie herum, den zu öffnen oder zu durchbrechen keine der beiden je wieder gewagt hatte.

Es war das eindringliche Jaulen der Katze gewesen, das klägliche Aufheulen der Dreifarbigen, die sich mit ihrer spätgeborenen Brut nun ganz alleine dort oben fand, und deren Angstschreie, wohl aus instinktiver Sorge um die unerreichbare Nahrung, die beiden letztlich hinauflockte an den Ort des Grauens.

Die Landwirtschaftsmesse wolle er besuchen, hatte er ihnen tags zuvor auseinandergesetzt. Der Ankauf einiger Legehennen war zu überdenken. Auch trug man sich mit dem Gedanken, Ausschau nach einem neuen Futtertrog für die Schafe zu halten.

Während die beiden wie gewohnt ihrer eintönigen Arbeit nachgingen und den Sohn und Bruder in der nahen Stadt wähnten, mußte das Tier in Panik vor der nahen Niederkunft nach einem sicheren Ort gesucht haben, den es schließlich in der Dachkammer fand. Wie im Gleichklang mußte bald darauf das Leben dem Tode die Hand gereicht haben. Während die Dreifarbige vier nasse Kreaturen aus ihrem geblähten Bauch preßte, wand der vermeintlich Ausgezogene aus einem kräftigen Hanfseil eine solide Schlinge. Die Dreifarbige war indessen wohl schon am Säugen der Jungtiere, denn als die Obstkisten auseinanderfielen und splitternd zerborsten, war auch das vierte bereits trockengeleckt und sog im Schatten des Erhängten an den Zitzen.

Sie fanden den Unglückseligen erst drei Tage danach. Die Rückkehr, die auf sich warten ließ, das Ausbleiben jeder Nachricht hatte sie mißtrauisch gemacht. Doch gewiß wären sie eher in die Stadt gegangen als auf den Dachboden, um den Vermißten zu suchen, hätte die Dreifarbige nicht so spät im Oktober noch einmal einen schäbigen Wurf in die Welt gesetzt.

Zwei Probleme waren es, mit denen die beiden sich damals konfrontiert sahen. Zum einen war zu überlegen, was mit dem Selbstmörder zu geschehen hatte. Zum anderen stellte sich die Frage, wer nun den jungen Katzen den Garaus machen sollte.

In der Welt, der sie immer schon angehört hatten, galt das mutwillige Auslöschen des eigenen Lebens seit jeher als eine schwere Schande. Die Gottlosigkeit einer solchen Tat nahm erst ihre volle Spottgestalt an mit der Tatsache, daß Selbstmördern kein christliches Begräbnis zuteil werden konnte. Verreckten Hunden gleich scharrte man die Unheilvollen in einem entlegenen Teil des Friedhofs ein, wo sie wie in einem Ghetto für Aussätzige ihrem Verfaulen überlassen wurden. Auch schwebte lebenslänglich ein Fluch über den Familien jener, die soviel Schmach über ihre Hinterbliebenen hatten kommen lassen. Der Pfarrer hatte für jene Verdammten, die sich meist in den hinteren Kirchenbänken aufzuhalten hatten, oft nicht viel mehr übrig als eine doppeldeutige Höllendrohung oder einen zürnenden Blick von der Kanzel oder dem Altar herab.

Das Gemiedenwerden von der restlichen Bevölkerung jagte ihnen die größte Angst ein. Der Gedanke, von ehrbaren Menschen befragt zu werden, nach mutmaßlichen Gründen für die Lebensüberdrüssigkeit des Hingeschiedenen, setzte Irrlichter der Panik und des Grauens vor dem Ausgestoßensein in ihren trüben Sinn.

Die Alte weigerte sich damals heftig, den verderbten Sohn vom Strick abzuschneiden. Allein die Vorstellung, den sündigen Körper, der einmal ihr eigen Fleisch und Blut gewesen war, zu berühren, diese Todeskälte zu fühlen, diese willenlose Masse mit ihren Armen aufzufangen, löste Beklemmung in ihr aus. Die Jüngere aber wurde von ihrer übermächtigen Trauer und dem Schock über das Geschehene gelähmt und damit unfähig gemacht, den entscheidenden Schritt zu tun.

Es läßt sich nicht ausmachen, wie lange die beiden da oben standen, die eine mit verweinten Augen, schmerzgeschüttelt und entsetzt, die andere mit gefalteten Händen und bebenden Lippen, die zischend monotone Gebete hervorstießen.

In der ersten Nacht lagen sie noch allein, jede für sich in ihrem kargen Bett, angstvoll dem Knarren der Dachbalken lauschend, im bangen Wissen um den Toten, der wenige Meter über ihnen immer noch mit seinen leicht schaukelnden, haltlosen Beinen gespenstische Schatten auf das mondhelle Gebälk zeichnete. Die darauffolgenden Nächte jedoch verbrachten sie gemeinsam, ausgestreckt auf dem Rücken liegend, im alten Ehebett, aus dem der brave Vater vor Jahrzehnten schon herausgestorben war, mit friedlicher Seele und kindlich angstlosem Geist.

Die Jungen wuchsen heran, zärtlich umsorgt und behütet von ihrer aufmerksamen Katzenmutter, deren Zitzen bereits milchlos geworden waren, ausgezehrt und wundgesaugt. Das Nahen des Winters kündigte sich schon an, und die Dreifarbige, selbst im November durch ein Versehen geboren, wurde immer dürrer und schwächer, und bald unfähig, dem Rascheln und Nagen der Mäuse im Stroh auch nur geringe Aufmerksamkeit zu schenken.

Bei der Gemeinde hatte die Alte ihn schließlich als 'vermißt' gemeldet. Die Dachkammer hatte sie zuvor versperrt, und den Schlüssel im mannshohen Misthaufen hinter dem Stall vergraben. Das Weinen der Jüngeren verstummte mit den ersten Nachtfrösten und trieb fortan nur im Inneren ihres Leibes weiterhin sein Unwesen.

Immer wieder forderte die Jüngere ihre Mutter auf, die Vermißtenanzeige doch endlich zurückzuziehen, und mit der Wahrheit ans Licht zu gehen. Die Alte aber redete ihr jedesmal nur mit der Schande ins Gewissen, die ihnen schon überall aufzulauern schien. Die Alte versank allabendlich in stumme Gebete, gepeinigt vom Stachel der Sünde, gehüllt in Schweigsamkeit und Bitternis. Die Tochter aber vermochte nicht aufzuhören, sich nach den Gründen zu fragen, die ihren Bruder in den sinnlosen Tod getrieben hatten. Immer wieder ging sie in dunklen Gedanken der Spur seines Weges nach, versuchte, sich zu erinnern, an Indizien, an Vorboten des Unheils.

Daß er die Frau, die er zu der seinen machen wollte, nicht hatte heiraten dürfen, konnte nicht ausschlaggebend gewesen sein. Die Mutter hatte immer ein untrügliches Gespür dafür gehabt, welche Frau zur Ehe taugte und welche nicht. Sie hatte immer einen höchst klaren Blick gehabt für kräftige Hände und sehnige, muskulöse Arme, die auch schwere Arbeiten verrichten konnten. Sie sah ganz genau, aus welchen Mädchen später einmal hoffärtige Kokotten und liederliche Weiber voll mannstoller, vergnügungssüchtiger Eigenliebe wurden. Und im Falle ihres Sohnes hatte das Gefühl ihr rechtgegeben.

Die Arbeit hatte er geliebt. Nie hatte er Anstalten gemacht, in Urlaub fahren zu wollen, oder Sehnsucht nach dem Städtischen zu zeigen. Und durch den Tod des Vaters war es nur natürlich gewesen, in engem Familienverband weiterzuleben, ohne Geheimnisse und ohne Verlangen nach eigenem Raum. Mit größter Genügsamkeit war er immer seiner Pflicht nachgegangen, ganz ohne dieses widernatürliche Aufbegehren gegen die Allmacht des Schicksals und der Bestimmung, die jedem einzelnen auferlegt wurde, oft in der Wiege schon. Und ganz gewiß war nichts Erstaunliches daran zu erkennen gewesen, daß er jahraus jahrein die ständige Nähe der beiden Frauen an seiner Seite ohne Widerwillen ertrug.

Die nahtlose Fügung in das, was ihm schon bei seiner Geburt zugeteilt worden war, gelang ihm außerordentlich. Wohl mußte es nicht leicht für einen gesunden Mann im besten Alter gewesen sein, alles mit zwei einfältigen Frauenzimmern zu teilen, das Haus, die Besitztümer, das Leben. Doch Klagen waren von ihm nie zu hören gewesen. Mit der allergrößten Selbstverständlichkeit hatte er sich Abend für Abend den beiden Frauen beigesellt, um mit ihnen das Abendgebet zu sprechen, die Mahlzeit einzunehmen, Allfälliges auszureden und ihre häuslichen Frauenpflichten zu überwachen, bald im Scherz, bald auch mit männlicher Strenge. Und wo auch immer die beiden eine Schwierigkeit im Aufkeimen zu erkennen glaubten, und sei es nur das banale Unvermögen oder Wankelmütigsein einer Weibsperson im Hinblick auf eine Handarbeit, ein Hefegericht, oder dergleichen mehr, so zeigte er stets ein offene Ohr für all diese Dinge.

Die Jüngere empfand beizeiten einen seltsamen Groll über die Allgegenwärtigkeit der Alten. Eine Ehe war ihr zeitlebens versagt geblieben, zumal alle Anwärter der strengen Prüfung durch die Mutter nicht hatten standhalten können. Auch war da nie ein rechter Grund fürs Heiraten zu finden gewesen. Denn die Alte war Zeit ihres Lebens eine kränkliche Natur gewesen, und da war es nur ein Segen des Himmels, daß es da noch eine Tochter gab, die ihr allzeit hilfreich unter die schwachen Arme greifen konnte, und immer für sie da war, und erst gar keine Möglichkeit bekam, etwas so Unsinniges und Gottloses wie ein Eigenleben zu entwickeln. Was aber tatsächlich gegen jeder Vermählung sprach, das war das frühe Erkennen ihrer leibliche Unfruchtbarkeit gewesen. Eine eheliche Verbindung, die Anlaß gab zu unzüchtiger Lüsternheit ohne jede Hoffnung auf Fortpflanzung hätte die Alte nie und nimmer zugelassen. Da war es klüger, sich seinem Los zu fügen und dankbar an dem festzuhalten, was der Herr in seiner Güte jenen zuteil werden ließ, die um seines Willens dem Verzicht den Vorzug gaben.

Als das Eis schmolz und die Wasser des Frühlings ein neues Erwachen der Natur einleiteten, fanden sie die Dreifarbige in der Scheune. Den Winter hatte ihr ausgemergelter Leib nicht mehr verkraften können, uns so war sie, mit ihren faulenden Zähnen zum Mausen unfähig geworden, langsam verhungert. Gefüttert war sie nie geworden, denn die Alte mochte nur Katzen, die in der ersten Hälfte des Jahres geboren wurden. Die anderen, welche erst kurz vor Einbruch der kalten Jahreszeit zur Welt kamen, taugten nichts, wie sie meinte. Sie blieben klein und kümmerlich, bekamen ein struppiges Fell, das im spärlichen Winterlicht kaum dichter werden konnte, und sie fingen nur selten eine Maus. Sie kamen, so sah es die Alte, einfach zum falschen Zeitpunkt auf die Welt, was wohl ein unglücklicher Zufall sein mochte, aber dennoch keinen Anlaß gab, sie in irgend einer Weise aufzupäppeln oder gar in der Nähe des Hauses zu dulden. Die Jüngere hatte diese Auffassung übernommen, jedoch nicht, ohne sich manchmal Gedanken darüber zu machen, weshalb gerade März- oder Aprilkatzen die besseren Chancen haben sollten.

Die Jüngere fürchtete den Tod der Alten beizeiten, sehnte ihn gelegentlich aber auch herbei. Ihr stummes Auf- und Abwandern über den Hof, ihre schlurfenden Schritte unter dem verfilzten Gewand erinnerten sie oft in der unangenehmsten Weise an das, was ihr selbst noch bevorzustehen drohte. Und doch gab es kein Entrinnen, keine andere Spur als die von der Alten beharrlich vorgezeichnete. Die Jüngere fand sich wohl damit ab, nicht mehr wählen zu können, wohin ihr Gang sie noch führen würde. Was ihr aber beim Anblick des zerfurchten Antlitzes der Mutter oft unweigerlich in den Sinn kam, war die sichere Gewißheit, nie auch nur einen einzigen Tag ihres Lebens frei bestimmen haben zu können. Ihr Geburtshaus, darüber hegte sie nicht den geringsten Zweifel, würde auch ihr Sterbehaus sein. Zwischen diesen beiden schicksalhaften Stunden aber schien nichts zu liegen. Und das Seil, das sie noch immer unversehrt, aber bereits von seiner Last zu einem beträchtlichen Teil befreit in der Dachkammer wußte, machte ihr in den stillsten und langsamsten aller Stunden bewußt, daß dieses Ewigkeiten umspannende Nichts durchaus nicht immer mit Selbstverständlichkeit zu ertragen war.

Das Leben der Alten glich schon seit geraumer Zeit einem auf merkwürdige Weise im Stillstand begriffenen Ausatmen. Die Luft, die sie in der ersten Hälfte ihres Lebens eingeatmet zu haben schien, strömte nun langsam aus ihren behaarten Nasenlöchern wieder heraus. Über jeden neuen Tag des Jahres legte sie nun mit ihrer Langsamkeit und Starre einen Hauch von immerwährender Herbstlichkeit. Die drückende Last der Gewißheit, daß ihre Tage, wenn nicht Stunden, gezählt waren, versetzte die Jüngere bisweilen in einen Zustand der unterschwelligen Furcht. Dann malte sie sich ihr eigenes Zugrundegehen aus in den gedecktesten aller Farben, und mit Bangen sah sie ihr eigenes Hinsterben näherkommen mit jedem neuen Morgen. Die Zeit, die sie immer reichlich zur Verfügung hatte, schien plötzlich knapper zu werden.

An ein Fortgehen, ein heimliches Fliehen in der Nacht, dachte sie des öfteren. Aber die Alte im Stich zu lassen, ließ ihr Anstand nicht zu. Die Alte, die doch schon fast ein Jahrhundert auf der Welt war, betrachtete ohnedies alles Neue und Unbekannte mit dem allergrößten

Mißtrauen. Nur mit Mühe war sie seinerzeit zur Installation des Fließwassers und der Elektrizität im Hause überredet worden, mit unendlicher Geduld und letztlich überzeugendem Fortschrittsglauben seitens ihrer Kinder. Den Kauf eines Fernsehgerätes jedoch verweigerte sie stets mit Beharrlichkeit.

In manchen schlaflosen Nächten trug die unfruchtbare Müdigkeit der Jüngeren seltsame Gedanken zu. Dann träumte sie mit Inbrunst von all dem, was hätte sein können, aber nie war. Sie verstrickte ihren unruhigen Geist in immer neue Ideen und wahnwitzige Vorstellungen von einem Leben, das ganz anders war als das ihre. Sie dachte dabei an ein Dasein, in dem sie etwas anderes war als nur das Kind einer Mutter, die immer älter wurde und bald sterben würde. Nie hatte sie böswillige Absichten oder gar hartherzige Feindseligkeit in der Strenge der Alten entdecken können. Alles war stets nur zu ihrem Besten entschieden worden. Daß kaum Geld zur Hand war, rechtfertigte noch lange nicht ihren Wunsch nach einer eigenen Arbeit, einem Beruf. Lieber hackte die Alte eigenhändig den Hühnern die Köpfe ab, als ihre Tochter in der mit allerlei Gefahren drohenden Stadt in einem dieser neumodischen Büroräume zu wissen, umgeben von fremden Männern, die es gewohnt waren, ihre infame Schlechtigkeit unter dem Mantel der Intellektualität zu verstecken.

Was die Jüngere als jung erscheinen ließ, war einzig und allein die Anwesenheit der Alten. Würde sie aber sterben, so bliebe die Jüngere, wie sie wußte, allein zurück, selbst nichts anderes als eine alte Frau. Daran aber dachte die Alte nicht.

Nicht einen einzigen Tag ihres Lebens empfand die Jüngere als gelebt oder bemerkenswert. Der erhängte Bruder in der Dachkammer war ihr einziges Erlebnis in all den Jahren gewesen, und davon durfte sie zu keinem sprechen. Die Frömmigkeit und Ehrbarkeit der beiden Frauen hatte nie einem Beamten Anlaß dazu gegeben, eine Lüge in ihren Aussagen auch nur zu vermuten. Zudem umgab die beiden immer noch eine Aura der Jungfräulichkeit, der altmodischen Unschuld und der Unfähigkeit zu jeglicher Raffinesse.

Nachts lauschte die Jüngere oft dem durchdringenden Schnarchen der Alten. Die jaulenden Katzen, die draußen auf dem Hof umherstreiften, taten ihr Übriges dazu, um die Atmosphäre gespenstisch wirken zu lassen. Dann befiel die Jüngere oft eine unerklärliche Lust, hinaufzugehen, und die Tür der Dachkammer aufzubrechen. Der Gedanke, mit einem Leichnam unter einem Dach leben zu müssen, quälte sie heftig. Aber im nächsten Augenblick, als sie von ihren schändlichen Plänen wieder abließ, fühlte sie sich selbst nicht anders als dem Tode nahe. Denn war sie nicht selbst, so kam es ihr in den Sinn, ein Leichnam? Was unterschied sie von den Überresten dessen, der sich eins vom Gebälk ins Nichts herabgestürzt hatte? Kam ihr das Haus nicht schon seit geraumer Zeit wie ein einziger Sarg vor, in seiner unerträglichen Stille und Verschlossenheit? Und der Hof, der es umgab, glich nicht auch er einem Friedhof, mit all dem unerwünschten, tierischen Nachwuchs, den er in seinen tieferen Schichten beherbergte, und mit all dem anderen Abgestorbenem und Verscharrtem?

Wenigstens einmal wollte sie gern allein in die Stadt gehen, so wie der Bruder es damals getan hätte. Sie wollte ihm ja nur von fern zuschauen, dem seltsamen

Treiben in den Straßen, dem bunten Leben, das aus allen Fenstern und Türen quoll. Aber die Alte konnte nicht mehr alleingelassen werden, und jeder Gang ins Freie war bereits zu einer Mühsal für beide geworden. Wie eine alte Spinne hockte die Mutter im selbstgefertigten Netz, und so groß ihre Müdigkeit auch war, nur ein kleines Zucken an einem der Fäden ließ sie schon aufhorchen. Und je hilfloser sie wurde, desto mehr Macht schien sie zu bekommen. Ihr Angewiesensein auf die Tochter machte sie stärker als jedes gesunde Glied ihres Körpers. Gewiß wußte sie nicht um das Mitleid, das sie in der Jüngeren entzündete wie eine flackernde Kerze, die zu dicht am Stroh stand. Und so sehr sie in manchen Stunden auch gehaßt wurde von ihrem schwachen Kind, so sehr wurde sie desgleichen auch bedauert ob ihrer Armseligkeit und schwindenden Menschenwürde.

Mit ganzer Kraft versuchte die Jüngere in einer Vollmondnacht, die Tür der Dachkammer mit einem Holzpflock aufzustoßen. Nach langem Zögern hatte sie schließlich diesen irrwitzigen Entschluß gefaßt, und nur darauf gewartet, bis der Schlaf der Alten endlich tief genug war. Sie stemmte sich gegen das widerspenstige Holz, preßte ihren Körper dagegen, holte neuerlich mit dem Pflock aus, vermochte jedoch nicht, die Dachkammer zu öffnen. Was ihr letztlich, unter Einbringung all ihrer Kräfte gelang, war, ein kleines Stück der Tür in solchem Ausmaße zu beschädigen, daß eine kleine Ritze zwischen zwei Brettern entstand, durch die hindurchzuspähen sie sich nicht scheute.

Etwas Körperhaftes, bedeckt mit lumpenartigem Gewand, stach ihr ins Auge. Ein scharfer Geruch strömte ihr in die Nase, ein Gestank nach Moder und etwas anderem, das zu definieren ihr nicht einmal für Sekunden gelang. Als sie den Strick zu erkennen meinte, wandte sie ihren Blick voll Grausen ab, um mit ihm auf etwas anderem hängenzubleiben, das nahezu noch größeren Ekel in ihr auslöste als der verweste Bruder. Es war ein undefinierbares Gebilde in einem Winkel nahe der Tür, der vom Mondlicht besonders hell ausgeleuchtet wurde. Es war etwas Pelziges, freilich auch Opfer der Verwesung geworden, doch untrüglich als etwas Tierisches erkennbar. Es mußten, so fiel es ihr plötzlich ein, Katzen sein, junge Katzen, kaum ein paar Tage alt. Die Dreifarbige mußte sie an jenem Tage vergessen haben, oder, was noch wahrscheinlicher war, es in der Hast nicht mehr geschafft haben, alle ihre Jungen in Sicherheit zu bringen.

Als sie Geräusche aus der Schlafkammer zu vernehmen glaubte, schreckte sie zurück, versuchte sogleich, die Öffnung in der Tür mit Holzsplittern zu vermachen und stieg eilig wieder hinab, um ihr Bett aufzusuchen. Die Alte aber schlief dort noch immer in totenähnlicher Ruhe und schien nichts bemerkt zu haben.

Wenn die beiden auf ihrer Bank saßen, wußte die Alte nicht, daß die Jüngere oft insgeheim an die Katzen denken mußte. Der Mutter blieb verborgen, daß ihre Tochter sich im Innersten längst mit den toten Kreaturen in der Dachkammer verbrüdert hatte. Weil auch sie zur falschen Zeit, spät im Herbst, geboren worden waren, chancenlos von Anbeginn. Und gewiß verschwendete die Alte keinen Gedanken daran, was der Jüngeren eines Tages bevorstehen würde. Versonnen blickte sie auf das rote Laub der Bäume, und auf die welkenden Dahlienbüsche am Misthaufen, deren letzte Blütenpracht Milde und Zufriedenheit in ihre faltigen Gesichtszüge zauberte. Wie hätte sie auch ahnen könnten, daß der Jüngeren graute vor dem Tag, an dem sie allein sein würde mit dem Erhängten über ihr! Mit friedvoller Gleichmütigkeit blickte sie ihrem letzten oder auch vorletzten Winter entgegen, nicht wissend, wie sehr die Jüngere sich den umherstelzenden Tieren auf dem verödeten Hof verbunden fühlte, in jeder Bewegung, in jedem Augenblick.

DIE SCHWANENLÜGE

Alice. Ich heiße Alice. Wie Alice im Wunderland, genau. Ich bin vierundzwanzig Jahre alt. Studentin, natürlich. Hauptfach Biochemie. Und ich bin häßlich. Das sind Realitäten, die gut nebeneinander existieren können.
Ich bin eine sehr gute Studentin. Ich war schon eine sehr gute Schülerin. Immer Vorzug. Immer Extrabonus. Immer nur die besten Noten. Ich konnte übrigens schon mit sieben Jahren Wurzelziehen. Und mit Neun Denksportaufgaben lösen, ohne im Anzeigenteil nachzusehen. Mit Dreizehn gewann ich meine erste Chemieolympiade. Mit Siebzehn dann die zweite. Und ich habe auch immer sehr viel gelesen. Was ich darüber hinaus noch besonders gut kann, ist Zeichnen. Und während meiner ganzen Schulzeit konnte niemand größere Kaugummiblasen machen als ich.
Die borstigen, dunklen Haare meiner Augenbrauen wachsen an der Nasenwurzel zusammen. Sie auszureißen hat keinen Zweck, denn sie wachsen sofort wieder nach. Als Kind trug ich eine Art Nickelbrille, deren Fassung aus hartem Metall viel zu schwer war für mein Kindergesicht. Heute hat meine Nase im oberen Drittel eine tiefe Grube und verläuft dann in einem plumpen, gurkenähnlichen Gebilde weiter bis zur Spitze, die so tief herabgebogen ist, daß ich sie mit meiner Zungenspitze erreichen kann. Vielleicht ist das der Grund, weshalb ich das Märchen vom Zwerg Nase nie ausstehen konnte.
Mein Haar ist sehr widerspenstig. Die Spitzen sind trocken, jede Strähne ist ein einzelner Rebell für sich, und jedes Haar befindet sich im Krieg mit den anderen.

Aschblond hat meine Mutter diese Farbe immer genannt. Ich lächle nie. Meine Zähne sitzen schief im Mund. Als mir das zum ersten Mal richtig auffiel, mußte ich lachen, denn es sah aus, als würden sie tanzen. Da war so eine Bewegung, vor allem in der unteren Zahnreihe, und es sah einfach fürchterlich komisch aus. Tut es immer noch.
Manchmal möchte ich mein Gesicht mit meinen Händen bedecken, aber das lasse ich dann lieber sein, denn meine Hände verstecke ich immer unter überlangen Pulloverärmeln, selbst im Sommer. Sie sind irgendwie zu groß für meinen Körper, und furchtbar sehnig. Ich kaue an meinen Nägeln, seit ich denken kann. Ich, Alice.
Im Kaffeehaus, da bin ich zuhause. Schon morgens, vor der ersten Vorlesung, sitze ich dort. Um diese Zeit sind nur ein paar Rentner da, die ihre faltigen Gesichter in riesigen Tageszeitungen vergraben. Ja, die Rentner, die mag ich gern. Die sind noch häßlicher als ich, denke ich. Ich hoffe wenigstens, daß es so ist.
Es ist schön im Kaffeehaus. Niemand nimmt dort Notiz von mir. Und niemand zwingt mich, Notiz von ihm zu nehmen. Es ist ganz anders als in den Straßencafes im Sommer, wo es keine hinteren Ecken und heimlichen Nischen gibt, und wo um mich herum nur glatte, nackte, braungebrannte Mädchenbeine übereinandergeschlagen unter kurzen Röcken hervorragen.
Es gibt nicht sehr viele Menschen, die wirklich schön sind. Und auch nicht viele, die wirklich häßlich sind. Und jeder Mensch hat doch irgend etwas Schönes an sich, jeder, ausnahmslos. Auch ich, Alice. Ich habe wunderschöne Zehen und einen ungemein hübschen Nabel. Aber das weiß niemand. Meine Zehen stecken doch

immer in meinen Stiefeln, und wenn ich mal barfuß laufe, guckt keiner mehr bis zu meinen Füßen runter, nachdem er mir ins Gesicht geschaut hat. Und für meinen Nabel interessieren sich eigentlich nicht so viele Menschen, glaube ich.

Meine Mutter hat mir immer gesagt, daß es letztlich nur auf das Innere eines Menschen ankäme, und daß ich innen mindestens so schön wäre wie andere. Sie hat sich wirklich immer rührend um mich gekümmert. Es war aber nicht zu verleugnen, daß sie sah, was alle sahen, nämlich meine absolut ungewöhnliche Häßlichkeit. Sie las mir, als ich noch kleiner war, aber immerhin schon alt genug, um mein mißratenes Äußeres zu beklagen, oft dieses Andersenmärchen vom Häßlichen kleinen Entlein vor. Ich sagte es ja schon, sie war einfach rührend.

'...Da war der junge Schwan unendlich glücklich. Niemals hätte er es sich träumen lassen, daß aus ihm, dem häßlichen jungen Entlein, ein solch schönes Tier werden könnte. Als der Sommer ins Land zog, fand der Schwan eine Gefährtin und gründete eine Familie. Nun war sein Glück vollkommen.'

Es hörte sich wirklich ziemlich einfach an, damals. Ich glaubte die Geschichte eine Zeit lang wirklich, das muß ich zugeben. Aber erwachsener werde ich wohl nicht mehr als ich jetzt schon bin. Und von Schönheit kann gar keine Rede sein.

Der Schwan fand eine Gefährtin. Ja, ich glaube, so ging das. Aber auch nur, weil er schon ein Schwan war. Als Entlein hätte er ja doch nie jemanden gefunden. Ich kenne das von mir. Es ist einfach Scheiße, so ist das. Da konnte meine Mutter reden, was sie wollte, von inneren Werten und solchem Quatsch.

„Es gibt viele Männer, Alice, die sich eine intelligente Frau wünschen. Und du bist hochintelligent. Und überhaupt langweilt viele Männer eine reizlose, platte Schönheit auf Dauer. Über dich aber gibt es soviel Interessantes zu sagen, und du hast doch so viele Dinge zu erzählen. Du bist eine richtige Persönlichkeit. Und musisch so begabt. Denk nur, wie schön du schon als Kind singen konntest! Und deine Zeichnungen! Da bekommen die Männer richtig Ehrfurcht vor dir, du wirst sehen. Und wieviel du gelesen hast, Alice! Was du alles weißt! Und wie gut du schon auf dem Klavier spielen kannst, mit jedem Tag besser." All das fiel meiner Mutter immer ein, wenn ich mich wieder einmal besonders unansehnlich fand.

Stimmt ja, ich hatte schon damals viele Tugenden. Komisch war nur, daß ich bald die einzige in meiner Klasse war, die keinen Freund hatte. Noch immer nicht. Es war wie verhext. Aber irgendwann wurde mir dann plötzlich klar, daß niemand auf den ersten Blick meine enorme Intelligenz erkennen konnte, und daß man von außen gar nicht sah, wie schön es in mir drin aussah.

Als erstes gucken die Jungs immer, wie ein Mädchen aussieht. Sie sehen auf die Haare, auf den Busen, der unbedingt vorhanden sein muß, auf die Beine, die besser nicht in dicken Hosen stecken sollten, und auf den Hintern, und auf die Hände und ins Gesicht. Und wenn eine auf den ersten Blick schon so potthäßlich aussieht, dann gehen die doch erst gar nicht hin und sprechen die auch noch an. Dann wollen die doch gar nichts mehr wissen von irgendwelchen inneren Werten. Und da hat es auch nichts geholfen, daß ich den Burschen im Sommer meine Zehen entgegengestreckt habe. Mit häßlichen Zehen ließe es sich jedenfalls leichter leben als mit einer häßlichen Gurkennase.

Irgendwie gewöhnte ich mich dann daran, keinen Freund zu finden. Worum ich die anderen Mädchen beneidete, war, daß sie abends ausgehen konnten. Meine liebe Mutter schlug mir immer wieder vor, doch mal mit Freundinnen wegzugehen. Als ich das dann ausprobierte, sah ich gleich, das würde nichts werden. Die trafen doch spätestens im zweiten oder dritten Lokal ihre Freunde, und ich war wieder angeschissen, hockte blöd daneben und fühlte mich ziemlich angeglotzt.

Ich wünschte mir wirklich, einfach irgendjemanden zu finden, mit dem ich ausgehen konnte. Es mußte ja nicht gleich ein Nachfahre Einsteins oder Schrödingers oder Heisenbergs sein. Bloß jemand, mit dem man sich nett unterhalten konnte, und auch mal ein bißchen kluge Gespräche führen, und ein paar Biere trinken. Daß ich keinen Adonis abkriegen würde, war mir klar. Aber mit der gegenwärtigen Situation, das gebe ich zu, habe ich eigentlich auch nicht gerechnet. Da mußte ich mir schon einiges abschminken, keine Frage.

Kennengelernt haben wir uns im Kino. Ich gehe nämlich sehr gern ins Kino, weil es dort immer sehr dunkel ist, und weil es sich zu den Lügen, die einem da von der Leinwand heruntererzählt werden, ganz gut heulen läßt. Er saß gleich neben mir und schüttete mir sein Popcorn in den Schoß. Er meinte, das gehöre jetzt mir und ich dürfe es aufessen. Natürlich sagte er es nicht so, wie ich das jetzt erzähle, denn er hat einen Sprachfehler, so ein nervtötendes Stottern. Und trägt noch immer eine Zahnklammer, mit Sechsundzwanzig. Das muß man sich einmal vorstellen. Und dann hinkt er ein bißchen, das heißt, er hat so einen merkwürdig eingedrehten Gang. Das kommt daher, daß er als Baby Klumpfüße oder sowas hatte, und so eine Art Hüftverschiebung. Ich weiß nicht, wie man das genau nennt, auf alle Fälle bleibt der Gelenkskopf beim Gehen irgendwie nicht in der Gelenkskapsel oder so.

Matthias war der erste Mensch in meinem Leben, der mich auf ein Getränk einlud. Die Einladung dauerte zwar eine Viertelstunde, weil er so lange brauchte, bis er alles, was er sagen wollte, einigermaßen heraus hatte. Aber es war ein phantastisches Gefühl, so richtig eingeladen zu werden.

Matthias ist auch häßlich, aber auf seine Art. Bei ihm ist es eher das Auftreten, bei mir wohl die Oberfläche. Jedenfalls können wir ganz gut miteinander reden, auch wenn ich noch immer lernen muß, geduldig zu sein. Es kann einen wahnsinnig machen, dieses Stottern. Mehr noch als das Hinken, viel mehr.

Er studiert Kunstgeschichte, und dadurch haben wir schon viele Gemeinsamkeiten. Er hat wirklich ein großes Wissen, das muß man schon sagen. Wenn er einen guten Tag hat, und ein bißchen schneller stottert, können wir wahnsinnig viel Spaß haben miteinander. Dann zeichnen wir auch mal gemeinsam, oder stecken unsere mißglückten Nasen in weise Bücher. Und wir lachen ziemlich viel zusammen. Wir machen Witze über unsere Häßlichkeit, wirklich. Unlängst haben wir zum Beispiel so ein albernes Spiel gespielt. Wir schrieben die Namen einiger unserer Körperteile auf kleine Zettel. Da stand dann zum Beispiel so etwas wie ‘Nase’ drauf, oder ‘Gebiß’ oder ‘Ohren’ oder Hände’. Solche Sachen eben. Wir taten die Zettel in eine Schachtel, und jeder von uns beiden mußte abwechselnd einen dieser Zettel ziehen. Die Aufgabe war nun, so viele Spottnamen wie nur möglich für diesen Körperteil zu finden. Wer mehr Begriffe finden konnte, hatte gewonnen und durfte sich abends die Getränke bezahlen lassen. Wir machten meistens halbe halbe, weil wir beide ziemlich gut darin waren. Wir hatten ja jede Menge Erfahrungen. Trotzdem war ich bei diesem Spiel auf lange Sicht hin erfolgreicher. Für meine Nase etwa wußte ich eine Unmenge von Spottnamen. 'Gurkennase' war ja noch richtig harmlos. 'Kartoffel', 'Monsterknolle', 'Hexenzinken' und 'Teufelswurzel' klangen schon weit interessanter. Bei den Zähnen waren wir beide gleich einfallsreich, denn unser beider Lippen waren wie Eingänge zur Hölle. 'Piranhagebiß', 'Reißbrett', 'Drachenmaul', 'Werwolfrachen' und 'Wildschweinhauer' hatten wir beide schon zu Genüge gehört in unserem Leben.

In vielen Dingen ist Matthias mir sehr ähnlich. Wir mögen beide keine Spiegel. Wir lieben es, auf der Straße schöne Menschen in unser Visier zu nehmen und uns dann über etwas Häßliches, das wir fast immer an ihnen entdecken können, mit Gift und Galle auszulassen. Klarerweise verunstalten wir auch jedes Zeitungsfoto von irgendwelchen wohlgewachsenen Filmstars sofort bis zur totalen Unkenntlichkeit. Ja, wir haben wirklich viel Spaß.

Natürlich bin ich nicht verliebt in Matthias. Ich bin ja nicht irgendwie abartig veranlagt oder sowas. Kein Mensch würde sich in Matthias verlieben, sofern er bei Trost ist. Ich bin schließlich eine ganz normale Frau, und mir gefallen natürlich Männer, die gut aussehen. Wenn ich schön wäre, und wählen könnte, würde ich mir auch einen aussuchen, der gut aussieht. Einen wie diesen Studenten zum Beispiel, der jetzt immer drei Reihen vor mir sitzt. Der sieht wirklich gut aus. Er trägt immer so lange, dunkle Mäntel, und manchmal einen Hut, und sein Haar ist im Nacken ziemlich lang. Er hat so ein bißchen was von einem Desperado, finde ich. Und schöne, schmale Hände mit langen, schlanken Fingern wie ein Mädchen. Und ganz helle Augen wie ein Wolf. Kein Werwolf.

Natürlich schlafe ich mit Matthias. Das gehört dazu. Er ist auch sehr zärtlich, obwohl man ihm das vielleicht nicht ansieht. Er gibt sich die allergrößte Mühe, mir einen Orgasmus zu verschaffen. Und den habe ich auch oft, allerdings muß ich da selbst ein wenig nachhelfen. Ich stelle mir dann immer diesen Rücken vor, und die lockigen Haare, die sich am Pulloverausschnitt so weich einringeln, und an den Hut, der so schrecklich cool aussieht, denke ich dann, und an diese Finger, die so sind, wie meine auch aussehen sollten. Ja, von dem Studenten würde ich auch gern mal eingeladen werden, aber ich rechne wirklich nicht damit, bestimmt nicht. Manchmal wünsche ich mir sogar, er wäre schwul.

Meine Mutter war immer der Ansicht, daß Liebe das Allerwichtigste sei für die körperliche Vereinigung. Irgendwie hat sie ja recht damit, aber Verliebtsein erleichtert die Sache mit Sicherheit. Man muß sich dann nicht so überwinden, glaube ich. Man will es ganz von alleine dann, denke ich, auch zwischendurch mal, oder wenn es überhaupt nicht hineinpaßt ins Leben. Wenn man verliebt ist, ist es wahrscheinlich auch kein Problem, erregt zu werden. Aber so, mit Liebe allein, ist es auch nicht schlecht. Man hat dann vor allem das Gefühl, etwas Gutes zu tun, jemandem eine Freude zu machen,

und ein bißchen begehrenswert fühlt man sich auch dabei.
Wenn wir zusammen unterwegs sind, geben wir höchstwahrscheinlich ein heillos kurioses Paar ab. Häßlich wie wir sind. Aber weil wir beide, Matthias und ich, auf keinen Fall bedauert werden wollen, geben wir oft vor, ganz besonders fröhlich zu sein, und extrem glücklich. Und wenn wir abends ausgehen, verschwimmen die Unterschiede zwischen uns und den andren Menschen im Lokal mit jedem Glas, das wir trinken, ein bißchen mehr. Irgendwann haben wir dann beide das Gefühl, überhaupt keine Probleme zu haben. Und mir fällt dann nicht mal mehr ein, daß nach dem Wochenende schon wieder ein neuer Montag kommt, und ich drei Reihen hinter dem genauen Gegenteil von Matthias sitzen werde. Aber auch damit komme ich sicher irgendwann noch klar, denn so leicht lasse ich mich nicht unterkriegen. Ich, Alice. Vierundzwanzig Jahre alt. Studentin. Häßlich.

AM ENDE DES TAGES

Früher hat er diesen Tag geliebt. Überhaupt, die ganze Jahreszeit verzauberte ihn. Der dicke Nebel. Wie Milchglas. Das kahle Geäst der Herbstbäume. Das matschige, braune Laub auf den nassen Straßen und Gehwegen. Dieses lächerliche Nikolausrot der Hagebutten an dornigen Zweigen. Das Schwarz der Beeren im Holunder. Dieses Absterben. Dieses asketische Entschlafen aller Natur. Das Austreten aller Lebendigkeit aus der Landschaft. Diese Abende, die täglich ein wenig früher beginnen, immer dunkler werden. Der erste Frost, der den Atem zu weißem Hauch gefrieren läßt. Und über allem ein Himmel, der nie mehr richtig blau werden mag. Chrysanthemen in stillgelegten Gärten, Margeriten des Todes, wie er sie gern mit ironischem Unterton zu nennen pflegte, zwischen vergessenen Winterastern und futuristischen Lauchstrünken inmitten hartgewordener Erdschollen. Novemberwelt.

Früher hat dieser Tag ihm nie etwas ausgemacht, im Gegenteil. Er liebte ihn fast. Es war für ihn immer ein Tag, an dem die Wirtsstuben im Ort alle gut gefüllt waren, mit rotgesichtigen, heiteren Menschen in schöner Wintergarderobe. Oft kamen ihm die Kieswege zwischen den Gräbern wie Laufstege vor, auf denen die Menschen ein wenig kokett promenierten, um ihre neuen Gewänder zu präsentieren.

All der Unfug mit den vielen Kränzen und Gebinden, den kindskopfgroßen Chrysanthemenblüten, den unzähligen Kerzen und Lichtern. Aber schön erschien er ihm doch, dieser Geruch nach Reisig und nassen Blumen und zerflossenem Wachs. Die ersten gebratenen Kastanien im Jahr. Die freiwillige Spende für Kriegsopfer oder Feuerwehrmänner oder beide.

Stimmungsvoll war für ihn das rechte Wort dafür. Auch den obligaten, abendlichen Gang durch den Friedhof, der einem Lichtermeer glich, mochte er gern. Im Kerzenschein besah er sich dann noch einmal Grab für Grab, Gruft für Gruft, Gesteck für Gesteck.

Wie leichtsinnig er all die Jahre dahingelebt hatte. Wie blind. Wie geblendet er stets gewesen war von der herbstlichen Romantik für rilkekundige Melancholiker. Und wie sonderbar heiter sie ihn oft gestimmt hatte, diese Melancholie. Und dann, mitten im Lebensalltag, mitten im ziellosen Wandern und Treiben, dieses eine Erlebnis, das eigentlich gar keines war, und das ihn doch bis ins Mark hinein erschütterte.

Als er das Haus verließ, mit den Kindern, der Frau, der Mutter, da war noch alles so erbärmlich in Ordnung. Wie leicht es doch war, diesen Tag zu lieben, wenn einem nicht gerade jemand gestorben war. Wie leicht es doch war, das Leben selbst zu lieben, solange noch alle lebendig waren, und Leben ausatmeten mit jeder Geste, jedem Wort. Und wie lästig es im Grunde sein konnte, einmal im Jahr daran erinnert zu werden, daß alles auf einmal ein Ende haben konnte, mit simpler Selbstverständlichkeit. Auch wenn es nachher irgendwie weitergehen sollte, wie manche Feiglinge meinten, ein Ende war so etwas allemal. Und ein Abschied für immer.

Seine Frau rückte das Gesteck in die Mitte der Grabplatte. „Ist es so recht? Ist es so auch wirklich in der Mitte?“ fragte sie ihn. Er nickte. „Du sollst doch nicht immer die Kerzen ausblasen, die ich gerade angezündet habe!“ herrschte sie den Kleineren an, und fügte schließlich noch sorgenvoll hinzu: „Hoffentlich brennt die große Rote da vorne auch wirklich länger. Es ist ja immer so ein Ärger mit diesen Dingern. Da bläst der Wind sie aus, und alljährlich kommt ein neuer Stumpen dazu. Und wer macht sich dann die Mühe und gießt neue Kerzen daraus? Du vielleicht?“ Er schüttelte den Kopf.

Die Musikkapelle fand sich bereits vor dem großen Kreuz ein. Die Priester kamen im Laufschritt, gefolgt von Ministranten.

„Wie kalt es ist,“ jammerte sie. „Ich hätte doch den warmen Mantel anziehen sollen! Aber du weißt ja, den habe ich jedes Jahr an. Die Leute werden schon glauben, ich habe nur den einen.“

„Nein, das werden sie schon nicht,“ sagte er. Dann meinte sie noch – sie machten bereits das Kreuzzeichen –, daß die Tochter eine hoffnungslose Göre sei, da sie gerade an diesem Tag ihre feuerrote Kappe aufsetzten hatte müssen. Wo alle sie sehen konnten. Und auslachen würden. Und daß die Mutter nun doch vergessen hätte, ihre wollene Überhose anzuziehen.

Er stand da, mit seinen kalten Füßen in den engen neuen Schuhen, die Hände in die Manteltaschen gestopft. Ihn fröstelte.

Ein Mann im Lodenmantel ging mit schnellen Schritten den Gang entlang an ihnen vorbei. Seine Frau drehte sich zu ihm herum und flüsterte: „Das ist er, der Wartmeyer. Du weißt schon, dessen Sohn jetzt mit dem Motorrad verunglückt ist. Auch kein schöner Tag für ihn. Der Junge war erst Neunzehn. Was werden die heuer bloß für traurige Weihnachten haben.“ Im Umdrehen zupfte sie einige Flusen von ihrem Mantel, und kontrollierte mit schielenden Augen, ob auch keine Schuppen auf ihren Kragen gefallen waren.

Er blickte vorsichtig über die Schulter nach hinten. Ja. Nur drei Gräber weiter stand er jetzt, der Wartmeyer. Ein so schmaler Mann. Wo seine Frau wohl sein mochte? fragte er sich insgeheim. Wahrscheinlich zuhause geblieben. Wahrscheinlich hätte sie ihn nicht ertragen, diesen Tag und diesen Anblick. Lauter weiße Schleifen auf nassen grünen Kranzgebinden. Lauter weiße Blumen, konserviert durch die Kälte, manche an den Rändern bräunlich angefroren, die empfindlicheren, die Rosen zum Beispiel. Die auf dem großen Bukett mit der Schleife 'In Liebe Mama und Papa'. Der Wartmeyer starrte auf das Grab. Und auf das lieblos hineingesteckte Holzkreuz mit der schrecklichen Inschrift. Nikolaus, 1974 – 1993.

Das Gesicht von Wartmeyer. Erschreckend menschlich in der Menge maskenhafter Antlitze unbeteiligter Friedhofsgäste. Gäste, ja. Er weinte sehr laut. Seine Nase war rot und glänzte naß. Er holte ein Taschentuch hervor, kariert. Ein Männertaschentuch. Die wenigsten Männertaschentücher waren für Tränen bestimmt. Denn Männer weinen nicht. Der weinende Wartmeyer war die große Ausnahme. Rot und verquollen sein Gesicht, mit zusammengekniffenen Augen. Er verbarg es im Karo. Sein Aufschluchzen zerriß immer wieder die pietätvolle Stille.

Er drehte sich um und wollte es nicht hören. Aber es hörte nicht auf. Er sah sich nicht mehr um, aber dieses laute Weinen, zu dem nur großer Mut oder aber eine unendliche Trauer befähigen, fraß sich in seinem Gehörgang fest.

Und plötzlich, als hätte sie einer gerufen, kamen sie alle. Alle fielen sie ihm mit einem Mal ein, alle, die vor nicht allzu langer Zeit gleichsam über Nacht zu Trauernden geworden waren. Die Frau aus dem Altersheim zum Beispiel, die er nur vom Sehen kannte, und deren Tochter letzten Sommer an Brustkrebs gestorben war. Immer mehr Frauen sterben an Brustkrebs, weil sie zu spät zur Untersuchung kommen. Dann die Kleine aus der Siedlung, deren Vater bei einem Arbeitsunfall ums Leben gekommen war, mit Einundvierzig. Dann die Eltern des jungen Paares, das am Ortsrand ein Haus zu bauen angefangen hatte, und das von einer Zechtour mit dem ersten eigenen Autor nur noch 'tot geborgen werden konnte'. Dann der alte Schuldirektor, dessen Frau nach einem Herzinfarkt 'ihre gütigen Augen für immer geschlossen hatte'. Dann die Frau Weber aus der Putzerei, deren Sohn aus dem Ferienlager nicht mehr heimgekommen war. Er ertrank bei einer Bootspartie im See. Dann die behinderte Helga, die ihn immer so auffällig laut grüßte, und deren Vater sich im Rausch erhängt hatte, und von der nun keiner wußte, was mit ihr geschehen sollte.

„Ich bin die Auferstehung und das Leben, sprach der Herr. Wer an mich glaubt, wird leben in Ewigkeit.“ Der Pfarrer hatte eine scharfe Stimme.

Wird leben in Ewigkeit. Ein schwacher Trost, dachte er. Und fragte sich, wie ihnen wohl nun zumute sein mochte. Ihnen, die da jetzt vor einem Berg aus Kränzen und schmerzlichen Moiré-Schleifen stehen mußten, Schleifen, auf welchen ihre 'letzten Grüße' standen. Er fragte sich, wie sich das anfühlen mochte, neben der Erde zu stehen, die vielleicht das Liebste, was man je gehabt hat im Leben, unter sich begrub mit bleierner

Last. Was geht nur vor in diesen Menschen, dachte er, die gerade ihre Häuser verlassen haben, in denen noch so unendlich vieles, wenn nicht alles, an einen erinnert, der nicht mehr da ist, und den es überhaupt nie mehr geben wird? Standen sie nicht alle vor genau einem Jahr auch hier, in einem helleren Mantel, mit jenen an ihrer Seite, die jetzt leere Plätze zurücklassen, nicht mehr?

Ein Strom quälender Fragen stürzte plötzlich auf ihn ein: Was ist mit denen, die ihre Kinder verloren haben, vor einer Woche, einem Monat? Wird der Wartmeyer je wieder an etwas anderes denken können als an die Türen, die sein Sohn zugeschlagen hat, die Jeans die er kaputtgewetzt, die Schularbeiten, die er geschwänzt oder versaut, die Schallplatten, die er gekauft hat? Und wo wird er sie verstauen, all die Träume und Habseligkeiten eines Neunzehnjährigen? Die Poster, die eselsohrigen Jugendbücher, die Motorsportmagazine, die Videokassetten? Ob in der Lederjacke vielleicht noch sein neunzehnjähriger Geruch hängt, der junge Schweiß, die große Illusion? Und was ist mit all den Alten und Altgewordenen, über deren letzte Wegspur der Tod einen langen Schatten geworfen hat? Wie kann man weiterleben, wenn einer, der immer pünktlich heimgekommen ist, nie mehr heimkommen wird? Wie kann man weiterleben, mit Kleidungstücken, die einer jeden Tag getragen hat, mit Stolz und Selbstverständlichkeit? Wie kann man weiterleben, mit Fotos, die ein Lächeln, eine Freude, eine Überraschung im Gesicht, in den Augen derer gebannt haben, die heute weder Augen noch Gesicht mehr haben? Was macht man mit der Zahnbürste im Bad, dem Haarshampoo, der Wäsche? Wirft man das weg, hebt man es auf, kippt man es auf den Müll? Und wie kann man weiterleben, wenn es einen, den es immer gegeben hat, und der zum Leben gehört hat, nicht mehr gibt?

Der Wortgottesdienst war fast zu Ende. Die Kapelle spielte etwas, das nach einem Trauermarsch klang. Die Leute zappelten schon unruhig, wurden lebendiger, lauter.

Er blickte auf seine Angehörigen, als gehörten sie gar nicht zu ihm oder seinem Leben. Die Frau, die jedes Jahr fürchtete, das Gesteck würde nicht genau in der Mitte der Platte plaziert sein, und die teure Kerze würde nicht niederbrennen. Wie würde es sein, wenn sie nicht mehr da wäre, um sich fürchten zu können, wovor auch immer? Die Kinder, lächerlich jung, mit dem Leben noch vor sich, wie es hieß. In einem Sarg für immer eingesperrt, ohne frische Luft und ohne Sonne? Unvorstellbar. Die Mutter, mit dem Tod in Sichtweite. Scheinbar schon immer auf der Welt, ohne Anfang.

Er hatte dem Priester zugehört. Der hatte von ewiger Freude gesprochen, vom Tod als Neubeginn, vom Ende allen irdischen Ballastes, von einem gerechten, barmherzigen Gott der Unsterblichkeit. Für ihn war das immer christlicher Humbug gewesen. Kindischer Trost. Aberglaube. Aber die Sehnsucht danach, die war auf einmal doch zu verstehen.

Vieles war ihm unverständlich. Er fand nichts Barmherziges an einem Gott, der nahm, ohne in derselben Form zurückzugeben, der Leben versprach, indem er tötete. Nein, dieser Gott ließ die Menschen klein und armselig in ihrer hauchdünnen, kläglichen Hoffnung ausharren, dieser sinnlosen Hoffnung auf ein Wiedersehen. Diesem zaghaften Sehnen stellte er die allmächtige Realität des Sterbens und des Schmerzes gegenüber, und die Unbegreiflichkeit eines Verlustes. Und wie lange ließ er seine einfältigen Schafe im Regen stehen, verirrt, verlassen, zurückgeblieben und restlos allein, verloren blökend in dumpfer Angst, bis er sie endlich wieder zurückführte auf sicheres Terrain, in den Schoß der Herde, zurück auf die vertraute Weide, die zu passieren nur mit dem Schmerz, den der elektrisch geladene Draht um den Zaun herum auslöste, verbunden war. Die Furcht der ahnungslosen Lämmer, ihre wimmernden Laute aus dem Dunkel und ihre endlose Wanderung in der Irre bekümmerten ihn nicht, diesen Gott, denn er schien ja um das gute Ende zu wissen, er allein.

Er konnte sich auf einmal nicht vorstellen, daß der Schmerz je weniger werden könnte, oder gar verschwinden, im Laufe der Zeit. Ihm war noch keiner gestorben. Der Vater, ja, aber damals war er selbst erst zwei Jahre alt gewesen.

Er begann hemmungslos und laut zu schluchzen. Seine Frau fragte, was los sei. Er gab keine Antwort. Die Menschen gingen an ihm vorüber, sahen ihn verwundert an, starrten ihm rücksichtslos in die Augen aus denen unaufhörlich Tränenbäche stürzten. Sie strömten aus dem Friedhof hinaus in die Gaststuben und verstanden nicht. Ihm war doch keiner gestorben.

„Habt ihr jemanden zu betrauern?“ fragte eine entfernte Verwandte, als sie vorbeikam, um eine Kerze auf ihr Grab niederzustellen. Keiner wußte etwas zu sagen. „Ich weiß auch nicht, was er hat,“ sagte seine Frau achselzuckend.

Sie wissen nicht, was ich habe, dachte er. Sie wissen es nicht. Sie gehen heim und leben weiter. Machen sich Gedanken über Weihnachten, das bald vor der Tür stehen wird. Hängen ihre neue Garderobe sorgfältig in den Schrank. Überlegen, wo sie morgen zu Mittag essen sollen. Tun so, als wüßten sie nicht, worum es geht und worauf alles hinausläuft.

Nie hatte ihm das Sterben mehr Angst gemacht als in diesem Augenblick. Nie war ihm so klar gewesen, wie dünn der Seidenfaden war, den er von seiner Geburt an hinter sich herschleppte, wie eine unscheinbare kleine Spinne.

„Kommst du, oder was?" fragte die Frau. Er blieb stehen, rührte sich nicht von der Stelle. „Wir gehen ins Wirtshaus. Komm eben nach, wenn du wieder bei Trost bist," sagte sie noch, ehe sie mit den anderen davonging.

Er setzte sich auf die Grabplatte und konnte nicht aufhören zu weinen. Alle Traurigkeit auf einmal war in seinen Gedanken, und er wurde nicht müde, sie herauszuweinen, all die Angst und die furchtbare Gewißheit, die schon immer in ihm gewesen sein mußte, er aber nie gespürt hatte. Es war jene Art von Gefühl, das die meisten vielleicht erst am Ende ihres Lebens wahrnehmen.

Seine Überzeugung war immer die gewesen, daß nach dem Tode alles aus war. Über das 'alles aus' hatte er sich nie den Kopf zerbrochen. Man lebte eben so dahin, arbeitete, war verheiratet, hatte Kinder, unternahm ein paar Ausflüge, machte einmal im Jahr ein bißchen Urlaub. Diese Gleichförmigkeit mußte ihn eingelullt haben, dachte er, hatte eine Mauer der Unberührbarkeit gebildet. Tageszeitungen mit Schlagzeilen, Todesnachrichten, Tragödien, Dramen und Schicksalen. Es prallte an ihm ab, alles. Nie war es mehr als bloß äußerliche Erschütterung gewesen, die er beim Anblick verwaister Bergbauerngeschwister, krebskranker Mütter, verwitweter Eheleute oder trauernder Eltern empfunden hatte. Aber auf einmal waren daraus Geschichten geworden. Geschichten, zu denen jeweils auch ein Leben gehörte, eine ganze Welt mit echten Menschen, ein Berg Erinnerungen, ein schlagendes Herz, eine fühlende Seele. Immer war ihm nur das als schlimm erschienen, was er am eigenen Leibe erfahren hatte. Was sich auf einmal, wie durch einen Vorhang, ans Licht stahl, war der Gedanke, daß er von jedem Schlag, der einen anderen als ihn getroffen hatte, selbst nur um Haaresbreite verfehlt worden war.

Während sie schon in der Gaststube Kastanientorte und Glühwein bestellten, weinte er immer noch leise und fast unsichtbar vor sich hin. Und plötzlich sah er ihn leibhaftig vor sich stehen, diesen düsteren Engel, diesen fremden Tod, der auf einmal auch sein eigener war, und seine eigenen Gesichtszüge trug. Mit einem Schlag war dieser finstere Geselle, Abgott und Patron des Monats November, für ihn das Schrecklichste, Abscheulichste, Furchteinflößendste und Bitterste, das sich überhaupt denken ließ. Und nicht das Verlieren allein stimmte traurig, mehr noch seine Konsequenzen. Dieses garstige Zurückbleiben von Altvertrautem, diese Allmacht der Erinnerung. Und diese Idee, daß soviel Lebendiges und Gewohntes blieb, um zu foltern. Daß es überhaupt etwas wie ein Grab gab. Einen Haufen Erde, einen gewaltsamen Flecken Land, auf den man Blumen pflanzte und Sträuße in geschmacklosen Vasen plazierte, auf den man eine Laterne stellte mit einer auf der ganzen Welt gleich aussehenden Kerze darin. Und daß man zu Weihnachten ein kleines Bäumchen an diesen Ort bringt, mit Lametta behangen, mit kleinen zitternden Glaskugeln und Wolken aus Engelshaar geschmückt, und bald vom Schnee zugeweht, in eisiger Nacht. Als ob die Toten ihr eigenes bißchen Weihnachten haben könnten. Und am Härtesten: die Jahreszahlen und die Namen, gemeißelt in Marmor, geschnitzt in Holz, und bedeutsamer als alle Jahreszahlen und Namen aller Geschichtsbücher dieser Welt zusammen.

Er stand auf, verließ das Grab und ging sinnlos auf dem Friedhof hin und her, auf und ab. Jedes Grab war ihm eine Hölle für sich, jeder Name untrennbar verknüpft mit Versäumtem, noch nicht Erlebtem, nicht mehr Gekanntem, und unweigerlich auch verbunden mit einem offenen Schluß, der jeder letzten Aussöhnung entbehrte, der wie ein großes Fragezeichen über jeder einzelnen Ruhestätte schwebte, und der am Ende eines jeden Lebens, nach all dem Durchlebten, Durchlittenen, Abgeklärten und Erfahrenen, plötzlich wieder ein 'erstes Mal' setzte.

Er ging nach Hause, mit gerötetem Gesicht und schweren Lidern, den Kragen hochgestellt, das Haupt schützend geneigt unter den letzten, fallenden Blättern des Herbstes und den ersten Windstößen des Winters. Sie waren alle schon zuhause.

Als er in der Tür stand, sahen sie ihn an." Wo kommst du her?" fragte jemand, und ein anderer: „Was zum Teufel war heute nur los mit dir?" Dann hagelte es regelrecht Fragen aller Art, wie etwa jene, was einen erwachsenen Mann dazu treiben konnte, in aller Öffentlichkeit grundlos zu weinen. Sie erinnerten ihn daran, wie sehr er diesen Tag immer geliebt hatte, vor allem daran.

Er sagte nichts. Was tat es schon zur Sache, daß die Leute sich über ihn das Maul zerreißen würden, ihn für einen Verrückten oder Nervenkranken hielten?

„Kommst du noch mit, das Lichtermeer auf dem Friedhof anschauen?“ fragten sie ihn dann. „Und nachsehen, ob die große rote Kerze noch brennt, und das Gesteck nicht umgefallen ist?“ Er schüttelte den Kopf. „Aber wieso?“ bohrte seine Frau weiter. „Du bist doch jedes Jahr mitgekommen, und noch dazu so gern!“ Er zuckte mit den Schultern und ging nach oben. Sie sahen ihm nach, verzogen ihre Gesichter zu abfälligen Grimassen und machten sich auf den Weg.
Er saß in seinem Zimmer. Das Licht wollte er nicht andrehen. Er dachte an das laute Schluchzen vom Wartmeyer, an die Frau Weber, an Helga, und an all die anderen, auch an die Namenlosen, und an alles im selben Augenblick, und er wußte, er würde wirklich nicht mehr nachkommen, um zu sehen, wie weit die große rote Kerze schon herabgebrannt war. Vielleicht, so überlegte er, würde er im nächsten Jahr nicht einmal mehr den Gang zum Friedhof auf sich nehmen. Der Zauber war zu Ende gegangen wie der Tag.
Er konnte sich immer noch nicht dazu entschließen, an etwas wie Gott zu glauben. Aber wenn auch nur ein Funken Wahrheit in dieser wahnwitzigen Vorstellung lag, so empfand er es als eine enorme Ungerechtigkeit, daß man ihn mitten im Leben, praktisch an einem seiner Lieblingstage, hatte ausgerechnet daran erinnern müssen. An das, was allen anderen wohl erst einfällt, wenn sie schon auf dem Totenbett liegen, und plötzlich das Gefühl haben, ihr Leben habe nicht länger gedauert als ein einziger Tag. Lieber hätte er noch ein wenig länger zu denen gehört, die der Meinung waren, es gäbe tatsächlich ein Weinen, das grundlos ist.

INHALT